KB077327

닭
니

닭니

2020년 10월 26일 개정판 제1쇄 발행
2021년 6월 14일 개정판 제2쇄 발행

지은이   강병철
그린이   studio 돌
펴낸이   강봉구

펴낸곳   작은숲출판사
등록번호   제406-2013-000081호
주소   10880 경기도 파주시 신촌로 21-30(신촌동)
전화   070-4067-8560
팩스   0505-499-8560
홈페이지   http://www.littleforestpublish.co.kr
이메일   littlef2010@daum.net

ISBN 979-11-6035-097-5 03810
값은 뒤표지에 있습니다.

닭
니

강병철 글 / studio돌 그림

다시 『닭니』의 비상을 꿈꾸며

적돌만 가는 길목 마당에 밀짚방석 깔아놓은 여름밤이다. 저물녘마다 누나들이 우리 집 마당을 가로질러 바다로 나갔다. 도회지 사람들처럼 별들의 그물망으로 넘실거리는 밤바다 풍경 만나는 줄만 알았다.

"워디 간댜?"

"후후후…… 바다 귀경."

밤이슬 맞으며 소금 긁으러 가는 줄 안 건 훗날의 얘기이다. 저수지처럼 가두어 염분을 증발시킨 농도 진한 바닷물을 염전에 담아놓고 여름 땡볕으로 하염없이 말리는 고단한 도정이다. 마침내 바닥으로 소금기 깔리면 고무래로 버석버석 긁어 창고에 나르는 것이다. 짚누리 뒤에서 오줌을 누다가 마주친 누나들은 소금꽃 종아리 털어내며 박꽃처럼 푸짐한 웃음을 지어주곤 했다. 모든 마을마다 바다가 옆구리처럼 달려있는 줄 알았던 유년의 사연이다.

　동무들 중에서 개헤엄 실력이 꼴찌였다. 해당화 풀밭에서 개미 구멍 구경하다 허리를 펴면 고두리 저만치 푸른 물결로 자맥질하는 동무들의 아우성이 쟁쟁 울렸다. 가끔 안흥 바다 저쪽 어디쯤 누군가 이쪽 수평선을 바라볼지 모른다면서 망망 표정으로 마주보곤 했다.

　'나는 영원히 결혼을 못할 것 같다.'

　그런 불안감으로 설레설레 흔들던 유년의 강박증도 있었다. 동화책은 재미있었지만 결말이 허무했다. 춘향전과 심청전은 물론 백설공주나 신데렐라까지 이웃나라 왕자님과 결혼했으므로 나와는 아무 상관이 없었다. 그나마 '미운 오리 새끼'의 변신이 희망을 주었다. '성냥팔이 소녀' 같은 동화 작가를 꿈꾸며 조마조마 모래성을 쌓았던가.

　여자들이 특히 헌신적이었고 그만큼 힘들었다. 고두리 방앗간 김 사장은 딸만 넷 낳은 아내가 더 이상 아기가 서지 않자 바로 후처를 들여 웃말 탱자나무 울타리에 살림을 차렸다. 또 딸을 낳자 김 사장은 낮술에 취해 개울에 빠졌고 후처 배씨는 미역국 뜨면서 꺼이꺼이 울고 본처 김 씨는 마늘밭 매다가 호미날에 기댄 채 한숨만 푹푹 쉬었다. 아기는 방싯대는데 열네 살 토끼띠 소녀 매숙이 누나도 '새엄마가 또 딸을 낳았어.' 하며 슬픈 표정으로 씀바귀 풀밭을 더듬었다. 다섯 살 나에게 보리피리를 만들어 주던 하굣길 누이의 보조개 웃음이 아지랑이 사이로 피어오르는 중이었다.

6학년 어느 날, 아버지가 교실 문 열고 나를 불렀고 그 길로 서울행 버스를 탔다. 열세 살, 북아현동 언덕길 판잣집 방 한 칸에서 서울 유학생 생활이 시작된 것이다. 앉은뱅이 밥상 하나와 중고생인 형과 누나의 이불 두 채가 전부였던 고독한 일상이 하염없이 되풀이되었다. 낮에는 구릉 너머 와우아파트 반듯한 빌딩들을 보며 가슴이 설레었고 밤에는 굴레방다리 건너 남대문 시장 불빛의 황홀감에 빠지곤 했다. 그뿐이었다. 성적표도 시나브로 떨어지기 시작했으므로 나는 더 이상 내밀 수 있는 카드가 없었다. 어느 날, 남대문 시장은 불에 타 잿더미가 되었고 와우아파트도 무너졌다. 외로움에 사무치면서 골목길 전신주에 기대어 고향 바닷가만 떠올렸다.

"갯장어 잡으러 갈리?"

정달이 성님이 팔소매 당기던 소리가 북아현동 자취방 유리창으로 쟁쟁 들리는 것이다. 그렇게 대밭집 머슴 증석이성, 윤언이성까지 밤바다로 진출했던가. 출렁이는 썰물 아래로 도미새끼 지느러미 치는 게 훤히 보였다.

"아름답징?"

감탄사 던지다가도 갯장어만 나타나면 작살을 날렸다. 박하지와 고등도 열댓 개 건졌고.

"장개는 은제 갈라유?"

서낭당 아래 부모님을 만나는 순간 아차, 가슴이 철렁 내려

앉았다. 초저녁부터 다섯 시간 내내 남포등 들고 서성이며 돌아오지 않는 아들만 하염없이 기다린 것이다. 그런데 이상하다. 시간이 지날수록 야단맞는 두려움이 사라지고 밤바다 풍경만 가슴에서 출렁이는 것이다.

조개 구럭 채워 오던 정자 누나는 그해 겨울 고무신 공장 식모로 떠났다. 눈사람 만들어 주던 영구 형님은 생강굴에서 떨어져 죽었다. 모래밭에서 기계체조 재주 넘기 멋있게 보여 주던 정달이 형은 새우젓배 타고 떠났다가 그믐달로 돌아왔다. 아무도 없었다. 달빛만 저 혼자 휑했다.

17년 만에 『닭니』를 복간한다. 2003년 그해 '우수문학도서'에 선정되었으나 이차구차 사연으로 절판된 그 책이다. 닭의 이빨'이 아니라 '가려운 이(蝨)'인데, 도깨비밥풀처럼 달라붙던 유년의 사연이 실감나게 전달되길 바라는 마음이다. 그 후 몇 꾸러미의 책들을 출산했으나 독자들의 열렬한 사랑에 이르지는 못했으니 종시 안타깝다. 운명이다. 낮에는 일터에 몰입하다가 틈만 나면 난세와 맞서 싸우고 밤이 되면 원고지 글자 수 맞추다가 초로를 넘겼다. 고독을 접고 새로운 비상을 꿈꾸는 중이다.

2020년 코로나와 싸우는 한반도 그 가을날에
강병철

목차

작가의 말

장님 거지와 딸

　전나무골 할머니 환갑이었다. 낮술에 취한 초로의 할머니들 몇몇이 감나무 그늘 멍석 위에서 젓가락 두드리며 육자배기 타령을 부르는 중이었다. 새참 때부터 젓가락 장단에 맞춰 덩실덩실 어깨춤을 추기도 했지만 기실 엄청 즐겁지는 않았다. 웃을 때마다 드러나는 쪼글쪼글한 주름살이 오히려 음울하기도 했다. 노랫가락이 밤나무 사이로 스치는 바람 소리에 잡아먹혀 사이사이 끊어지는 중이다.

　조무래기들은 돌멩이 묶은 지푸라기를 하늘로 던졌다. 빙빙 돌리다가 손바닥에서 탁 놓는 순간 돌멩이가 탄력을 받고 하늘을 뚫어버릴 듯 치솟는 것이다. 노끈으

로 묶은 민구의 돌멩이가 가장 팽팽하게 올라갔다. 공원
이도 어지간히 던질 수 있었지만 그만큼은 못 올라갔다.
나는 다른 아이들의 절반만큼 간신히 올렸을 뿐이지만
그래도 재미있었다. 돌멩이가 수직으로 뚫고 가는 겨울
하늘이 시리도록 맑았다.

그때였다. 장님 거지 한 사람이 지팡이를 더듬더듬 짚
으며 밭둑으로 올라오는 것이다. 그 뒤로 까무잡잡한 여
자 아이가 보따리를 들고 따라오는 중이었다. 여자 아이
가 손을 끌면 장님이 지팡이 더듬으며 한 발자국씩 고샅
으로 올라왔다. 순간 아이들의 눈동자에 빛이 '반짝' 나
더니 일제히 그쪽으로 쏠렸다.

"와, 눈감생이 그지다."

민구가 소리치자 다른 아이들이 우르르 몰려들었다.
무심히 올라오던 아이들의 발자국 소리가 우르르 몰려
오자 장님 거지가 멈칫 경계의 몸짓으로 돌아섰다. 눈자
위가 자르르 떨렸다. 긴장하는 것이다. 처음에는 아이들
도 겁을 먹긴 했다. 함부로 움직이지 못하다가 관모가
먼저 흙덩이를 집어던지자 갑자기 기가 살아 우르르 따
라 움직였다.

"에라, 눈감생이 그지야!"

그 말이 터지자마자 흙덩이와 나뭇가지를 우르르 던지기 시작했다. 관모는 아예 호두알만 한 돌멩이까지 들고 던질까말까 들썩거렸다. 장님 거지가 다시 휙 돌아서며 눈꼬리를 위로 치켜올리자 일순 아이들이 멈칫했다.

"이눔덜, 왜 이러니?"

"밭 밟지 마유."

"여기가 무슨 밭이냐? 밭둑이지."

"공갈 마유. 여긴 밭이유, 밭. 생강밭. 뵈지도 않으면서 오티게 안댜?"

"그럼 뭇 쓴다. 이눔덜."

"왜 밭 밟유? 넘의 밭. 우리 생강 다 죽유."

한 아이의 나쁜 마음이 물꼬를 트자 나머지 순박한 아이들도 우르르 따라나서는 것이다. 나도 얼떨결에 '우리 밭이다' 하고 기어 들어가는 소리로 말하려다가 재빨리 고개를 돌렸다. 다시 흙덩이와 나뭇가지가 우르르 날아가더니 그중 몇 개가 장님 거지의 어깨를 맞혔기 때문이다.

"나쁜눔덜."

장님 거지가 순간적으로 지팡이를 휘둘렀다.

딱.

지팡이가 공원이의 이마에 '삭' 스쳤기에 다행이지 제대로 맞았으면 피가 터졌을 것이다. 눈이 안 보여 닥치는 대로 마구 휘두르니 더 위험했다. 아주 잠깐 아이들이 주춤 물러섰다. 겁먹은 탓인지 함부로 다가서지는 못했다. 나는 벌써부터 가슴이 떨려 소나무 뒤에 숨어 손가락만 빨아 대는 중이었다. 이제 아이들이 '제발 그만했으면' 하는 마음뿐이었다.

그때 관모가 갑자기 나를 장님 쪽으로 떠밀었다. 몸이 기우뚱하면서 옆에 서 있던 단발머리 여자 아이를 껴안고 그만 함께 넘어져 버린 것이다. 그 바람에 여자 아이가 내 밑에 깔린 것이다. 밭두렁이 '푸석' 하면서 흙가루가 우수수 쏟아졌다.

"움마, 쟤덜 봐라. 붙었슈."

"이히히히히히히."

아이들은 배꼽을 잡고 난리가 났다. 여자 아이의 차가운 맨살 뺨이 나에게 맞닿으며 따뜻한 온기가 느껴졌다. 부끄러움으로 얼굴을 후끈거리다가 갑자기 비명을 지르고 말았다.

"악!"

여자 아이가 팔뚝을 물어뜯은 것이다.

"울 아부지 근드리지 마. 지발. 이."

눈을 동그랗게 부라린다.

"내가 민 게 아녀……."

상처 난 팔뚝을 비비며 내가 먼저 울먹였다. 이빨 자국이 손톱 크기만큼 파였기 때문이다. 그런데도 여자 아이는 여전히 나만 쏘아보며 식식거렸다.

"뭐 하는 짓이냐?"

쇠밭둑 영감이 작대기를 흔들며 야단을 쳤다. 아이들이 우르르 도망쳤으므로 나 혼자만 남게 되었다. 여자 아이의 훌쩍이는 소리가 밤나무 그늘로 퍼져 나갔다. 멀리서 아이들의 노랫소리가 메아리쳤다.

깜뎅이 마누라 세수 하나 마나
소경 마누라 눈 뜨나 마나

장님 거지가 옷에 묻은 흙을 털어내자 여자 아이는 눈물을 훔치며 즈이 아버지 소매를 잡고 감나무 쪽으로 끌었다. 쇠밭둑 영감이 잠시 안쓰러이 바라보다가 장님 거지의 소매를 더 세게 잡아당겼다.

"이리 오쇼. 국수나 잡숩시다. 잔칫집인데."

장님 거지는 얼떨결에 포장 아래 멍석에 앉았다. 여자 아이도 무릎을 꿇고 앉아 치마 끝을 아래로 당겼다. 개다리소반에 국수와 반찬 몇 가지가 겸상으로 들어오면서 분위기가 편해졌다.

"이 양반아, 밥이나 으더 잡수시지 왜 동네 애들은 때리고 그러쇼?"

장님 거지가 '흐흐흐' 쓴웃음을 지었다. 그 와중에도 연신 눈꺼풀을 끔벅거리며 사람들을 쳐다보는 시늉을 한다.

"워쩌란 말유? 졸졸 쫓어댕기면서 돌멩이 던져쌌구 막대기루 여기저기 찔르는디……."

"애덜이 철이 없어서 그런 거지."

"한번 당해 보슈. 눈감생이 괴롭히는 아이들한테 '허허허 느이덜 참 개구쟁이구나' 그런 말이 나오나. 그게 괴물이구 지옥유."

"이거 하나 잡수쇼. 굴전인데……."

"이뻐서 안아주고 싶은디 그 애덜이 꺼꿀루 침 뱉는단 말이오."

"글쎄, 일단 잡숴보랑께."

여자 아이가 젓가락으로 전을 집어 장님 거지의 입에

넣어 주었다.

"철없어서 그러닝께 이해하쇼. 이."

"애덜 목소리만 들어두 사랑스럽소. 그런디 애덜이 아픈 사람만 보면 돌멩일 던진단 말이오. 엥이. 울고 싶어두 울 자리가 없소."

다시 여자 아이가 굴전 하나를 집어 손바닥으로 받치며 아버지 입에 넣어 주었다. 노란 밀가루에 덮힌 굴전이 군침을 돋군다.

"너두 일루 와 국수 먹자."

양지편 아줌마가 내 손목을 끌더니 멍석에 앉히고, 국수 한 그릇을 내놓는다. 하얀 국숫발 위에 얇게 썰은 노란 고명이 산뜻하게 얹혀 있다. 엉거주춤 엉덩이 디미니 여자 아이가 머쓱하게 씨익 웃었다. 나는 고개를 숙인 채 얼굴을 붉혔다.

"야!"

여자 아이가 먼저 부를 줄은 생각도 못했다. 떨렸다. 우물에서 닦은 얼굴이 새하얗게 변신했기 때문이다.

"……머?"

간신히 대답했다.

"여기다 글씨 점 써 줘."

여자 아이가 멋쩍은 표정으로 공책을 내밀었다. 네모 칸이 그려져 있는 1·2학년용 국어 공책이었다.

"1, 2, 3, 4를 10까지 써 달랑께."

"엥?"

"그리고 아버지, 어머니, 모자, 토끼, 닭, 돼지, 등불, 태양, 달, 눈사람…… 그렇게 써 봐. 그 위이다가 그림두 그려 줘. 내가 알아볼 수 있게. 이."

나는 차마 여자 아이와 눈을 마주치지 못했다. 그 대신 정성을 다해 그림을 그린 다음 그 밑에 글씨를 또박또박 써 줬다. '등불'은 호롱불과 등잔불, 그리고 남포등을 정성껏 그려 주었다.

"그리구 석연화."

"뭐랴?"

"내 이름."

연화가 접시를 받치더니 즈이 아버지에게 마지막 남은 굴전 한 개를 집어 주었다. 그리고 멍석에 엎드려 침 발라가며 글씨를 쓰기 시작했다. 침 바른 연필심은 처음에는 진하다가 금세 다시 흐려졌다.

"허허. 고놈 효녀 심청이네."

"심성이 착해요. …… 엥, 간월도에서 숱하게 따던 굴 오랜만이네."

"엥! 이 동네 지리는 또 워찌 아슈?"

"마누라가 여기 사람유. 외지에서 이사오긴 했지면 처갓집 찾아 두 번 왔었슈. 그땐 눈이 멀쩡할 때유."

"마누라?"

"개척단 공사판 나갔다가 다이나마이트 터지는 바람에 실명했수. 굶구 살다 보니 마누라가 집 나갑디다. 그후 저 어린것 끌안구 여기저기 떠돌이 칠 년째유. 마누라가 이 근방 워디 자리 잡었다던 말을 풍문으루 듣구 찾으러 왔소이다. 혹시 아슈? 노라실 산다던디. 그 여자 무주가 고향이구……."

마을 사람끼리 서로 쳐다보며 눈을 동그랗게 뜨더니

"무주……, 앗! 그럼?"

"……."

"이 동리에서 전라도서 넘어온 여자는 한 명뿐인디."

숨소리가 멈춰진 듯 고요했다. 우우, 서걱이던 억새꽃들이 일제히 숨을 닫았다.

"…… 맞으오."

쇠밭둑 영감이 이마를 맞대고 몇 마디 듣는가 싶더니

입을 '따악' 벌리며 손을 덥석 잡았다. 장님 거지의 볼을 타고 눈물이 철철 흐른다. 나는 장님도 눈물을 흘린다는 사실을 처음 알았다. 이상하다. 장님도 잘 때 눈을 감을까, 를 생각하는데 갑자기 햇살이 쏟아지면서 자꾸만 내 눈이 감기는 것이다. 긴장이 풀리면서 몸이 펄에 빠진 듯 무거웠다.

두어 시간쯤 지났을까?

멍석 위에 엎어져 깜빡 잠이 들었는데 갑자기 '후당탕 탕' 하면서 '꺼이꺼이' 우는 소리에 잠을 깼다. 그리고 아줌마들 호들갑 떠는 소리로 왁자지껄하다.

"머여? 노라실댁 서방이 왔다구?"

"딸내미두 데리구 왔댜."

"눈멀었대."

"쉽게 상봉은 했는디…… 워쩐댜?"

아.

그 순간 여자가 나타났다. 작은 키에 흰 저고리를 입었고 검정 고무줄로 머리를 묶었다. 우리 집 밭매기 품앗이 때에도 몇 번 본 그 얼굴이다. 처음에는 두 사람 모두 움직이지 않고 오랜 동안 장승처럼 붙박이로 서 있었다. 그러다가 바람이 불면서 옷소매가 팔랑거리더니 발자국을 떼면서 후들후들 떤다.

"내가 나쁜 년이여. 아이고오."

눈물이 비 오듯 떨어진다. 장님 거지도 벌린 입을 다물지 못한 채 연신 흰 눈자위를 깜빡거린다. 동시에 '꺼이꺼이' 울음이 멍석 위를 덮었다. 둘만 남고 이 세상 사람 모두가 사라져 버렸다.

노승방 선생님

바보몽땅 선생님이 있었다. 담임 선생님이 결혼을 하고 수덕사로 신혼 여행 떠났을 때 그 선생님이 딱 한번 대신 들어오셨다. 키가 국기봉처럼 훤칠한 선생님이 옛날이야기를 꺼내신 것이다.

"옛날에 옛날에 날마다 바보짓만 해서 손가락질 받던 마음씨 착한 '바보몽땅'이란 어린이가 있었습니다."

처음 보는 선생님이라 그랬을까? 아이들은 조용히 귀를 기울였다. 진달래 빨간 꽃잎이 유리창에 붙었다가 쭈르르 미끄러지는 중이었다.

"어린이 여러분!"

어린이 여러분. 그 소리를 듣는 순간 가슴이 '화아' 하고 부푸는 느낌이었다. 날마다 듣던 그 단어가 갑자기

허공에 선명하게 새겨지는 것이다. 아, 우리들이 바로 음악 시간에 배운 '씩씩한 대한민국 어린이'구나. '금수강산 이어받을 새싹'이구나. 그렇게 불러 주는 선생님들도 있구나. '촌노므 새끼', '그 애비에 그 자식'이라고만 부르는 게 아니구나.

"여러분들이 공부해서 얻은 만큼 남에게 베풀어 줄 때 비로소 이 나라가 밝아집니다. 여러분은 미래의 기둥입니다."

어림도 없는 일이었다. 기와집 모과 나무에 올라갔다가 직싸게 얻어터진 민구 같은 애가 어떻게 이 나라를 짊어진단 말인가. 설레설레 도리질쳤다. 기둥에 붙은 껌을 떼먹었다고 누나한테 머리끄덩이나 뜯기는 도장병 춘원이가 세상을 환하게 밝혀 준다는 건 말이 되지 않는다. 1학년 수업 시간에 바지에 똥을 싸던 상원이도 마찬가지다. 즈이 할머니 등에 업혀 학교에 오는 애가 어떻게 이 나라의 기둥이 된단 말인가. 홑바지 바깥으로 고추가 툭 튀어나온 줄도 모른 채 오자미나 던지던 성모 같은 애가 훌륭한 사람이 된다는 건 있을 수 없는 일이다. 믿을 수 없었다. 그런데 웬일일까? 선생님의 목소리가 가슴을 적시더니 처음으로 사람 대우를 받는 것 같아

등허리까지 따뜻해지는 것이다.

그 선생님을 바닷가에서 만난 건 딱 한 번뿐이다. 민구와 함께였다. 조개잡이에 정신이 팔려 썰물 따라 바다 멀리까지 파고들었다.

주로 농게와 능쟁이를 잡았다. 농게 구멍은 작고 맨질맨질하며 수직으로 뚫려 있었고, 능쟁이 구멍은 크고 엉성하게 옆으로 뚫려 있었다. 그래서 능쟁이는 발가락으로 쑤셔도 금방 튀어나왔지만, 농게는 호미나 삽으로 구멍 깊숙이 파고들어야 겨우 잡을 수 있었다. 펄 밖으로 나온 농게는 잡히지 않기 위해 하나뿐인 붉은 집게발로 위협하기도 했다. 호미로 누르고 장갑 낀 손으로 잡았다.

능쟁이는 이른 봄이나 서리 내린 늦가을에만 잡았다. 여름 능쟁이는 노린내가 나서 아예 거들떠보지도 않았다. 그 대신 흔했다. 아무 데서나 구멍을 막고 호미로 펄을 파헤치면 어김없이 꼬무락꼬무락 기어 나왔다. 한 바구니씩 잡아서 돼지한테 주기도 했다.

그렇게 두어 시간쯤 지났을까. 갑자기 후두툭 후두툭 빗방울이 떨어지는 것이다. 민구가 소리쳤다.

"야, 큰일났다. 저 봐!"

어느새 해안선 가장자리로 바닷물이 꽉 차 있었다. 밀물은 리아스식 해안의 ㄷ자 가장자리부터 치고 들어오기 때문에 자칫 이런 꼴을 당하기 쉬웠다.

"뛰어! 시발."

정신없이 달렸다. 죽을지도 모른다. 해안선을 따라 밀려오던 밀물이 일제히 가운데로 쏟아지기 시작하면 순식간에 배꼽까지 차오른다. 재작년에도 갈마리 할머니 두 명이 굴을 따다가 파도에 쓸렸더란다. 힘 센 장정들이야 어떻게 하든 헤엄쳐 나오겠지만 나이 든 할머니들은 물살에 쓸려 헤어나오지 못한 경우가 종종 있었다.

지금도 펄에 빠진 발목이 쉽게 나오질 않는다. 발목만 쏙 빼면 신발만 펄에 파묻히기도 해 철퍽철퍽 신발을 끄집어내야 했다. 바짓가랑이가 소리를 낸다. 갯구럭과 주전자까지 챙기다 보니 장딴지까지 뻣뻣해졌다. 나는 겁이 나서 눈물부터 쏟아졌다.

"울지 마, 임마."

민구가 핀잔했다.

"눈이 아퍼."

천둥소리가 두 소년의 목소리를 홀라당 덮어 버렸다. 몸이 마른 명태처럼 뻣뻣해질 것 같아 자꾸 팔을 비비며 물살을 헤쳤다. 바닷물에 엎어져서인지 눈알이 쓰라렸다. 소금기 배인 몸이 움직일 때마다 버걱버걱 쏟아질 것 같다. 간신히 염판장까지 빠져 나와 추녀 밑에서 오돌오돌 떨었다. 암담했다. 저 무시무시한 장대비를 뚫고 집에까지 갈 생각을 하니 도저히 엄두가 나질 않는 것이다. 게다가 배도 고프고 살갗이 쓰라려 움직일 때마다 팔이 저렸다. 그때였다. 우산을 쓰고 언덕 밑으로 내려오는 그림자 하나를 얼핏 만난 것이다. 아, 바보몽땅 선생님이었다.

"선생님이닷!"

'살았다.'

동시에 소리가 터졌다. 그랬다. 선생님은 '짠' 하고 나타나지도 않았고 그냥 이웃집 밤마실 가듯 슬그머니 다가왔다. 그런데도 '아, 살았다' 하는 생각이 든 것이다.

선생님 댁에 가 본 것은 그때가 처음이었다. 두꺼운 책들이 책꽂이 가득 빼꼼히 차 있었다. '책이 많으면 훌륭한 사람이다'라는 생각도 처음으로 해 보았다. 선생님은 풍로로 왕겨를 달이더니 가루 우유 한 잔씩을 타 주셨다. 뱃속이 든든해지는가 싶더니 금세 온몸이 나른해지면서 까무룩 잠이 들었다.

"고놈들 참 귀엽다."

얼마나 지났을까? 눈을 떴을 때 선생님이 바구니 속 게들을 들여다보고 있었다. '귀엽다'는 말이 누구를 보고 한 말인지는 알 수 없었다. 게를 보고 한 말인지 우리들을 보고 한 말인지.

어느새 하늘이 환하게 개어 있었다. 나와 민구는 선생님댁을 나와 백사장 길을 가는 중이었다. 산을 깎아내린 절벽이 저만치 버티고 있다가 가까이 다가갈수록 서서히 시뻘건 허리를 드러내었다. 무시무시했다. 나는 두근두근 가슴을 누르며.

"누가 너한티 백만 원 주구 저기서 뛰어내리라먼 워쩔껴, 이?"

민구는 거침없이 대답했다.

"뙐 거여. 우리 아버지한티 백만 원 갖다 들이밀구 당장 뛰어내릴 꺼여."

"오십만 원 주먼?"

"십만 원만 줘두 당장 뛰어내리겄다."

나는 깜짝 놀랐다. '당장'이라고 거침없이 대답하는 민구가 갑자기 무서운 것이다.

황토색 절벽이었다. 바싹 다가가니 더 높고 까마득했다. 비가 온 탓일까. 색깔도 훨씬 우중충했고 황토색과 검은색이 얼룩얼룩 합쳐지니 영락없이 송장색이었다. 게다가 빗물에 패여 가운데가 깊숙이 갈라져 있었다.

"무섭다. 바짝 봉께 도저히 못 뛰어내리겄다."

민구가 말을 바꾼 후 나는 비로소 안도의 한숨을 내쉬었다. 절벽 틈새로 황토색 물이 주르르 흐르는 중이었다.

"선생님께서 군대를 가시게 되었습니다. 앞으루 3년 동안 우리나라 국방을 위해 일허시게 될 것입니다. 군대를 마치시면 다시 우리 학교로 돌아오십니다."

교장 선생님의 말씀은 내 귀에 전혀 들리지 않았다. 단상에 서서 하늘을 바라보던 노승방 선생님이 눈물을 뚝뚝 흘리셨기 때문이다. 그런데도 아이들은 아무 생각 없이 떠들기만 했으니 천상 철부지 악동들이다.

"얼러리…… 바보몽땅 운다."

"선생님두 슬프먼 눈물 흘리네?"

"선생님두 별 거 아니다. 선생님두 알구 보면 궁뎅이 까내리고 똥두 눈다. 선생님두 밑 안 닦으면 뒤뚱뒤뚱

걷는당께."

"히히히히히히"

웃음소리가 유리알 구르듯 쨍그랑쨍그랑 울려 퍼진
다. 마주 선 선생님들의 얼굴이 굳어지기 시작했다. 그
래도 아이들은 눈치코치 없이 배꼽만 잡는다.

"서숙자 선생님도 병원에서 주사 맞을 때 바지 까 내
리더라. 진짜 봤다. 궁뎅이도 하얗고 무지하게 크더라."

"선생님 궁뎅이 진짜 봤남?"

"그랴. 어지럽더라."

"나쁜 새끼."

킬킬대는 소리가 커지면서 시장바닥처럼 시끄러워진
다. 민구와 광식이는 엉덩이치기를 하다가 아예 줄 바
깥으로 나와 때리고 도망치기 장난까지 한다. 교장 선
생님의 얼굴이 푸르락푸르락 일그러지더니 마침내 소
리를 꽥 질렀다.

"열중쉬엇!"

아이들이 멈칫하며 손을 등 뒤로 돌리고 다리를 벌
렸다.

"차렷!"

손을 내리고 발을 모은다. 교장 선생님은 '차려', '열중

쉬어'를 몇 차례 더 반복했다. 아이들은 구령대로 따르면서도 틈틈이 웅성거렸다.

"야, 너 임마, 열중쉬어 몰라. 열중쉬엇."

조동재 선생님이 아이들 쪽으로 다가오며 소리 지른다. 구령 소리가 교무실 유리창에 튕겼다가 메아리로 되돌아온다. 그림자도 깜짝 놀라 움츠린다.

"차려!"

아이들이 그제서야 분위기를 눈치 채고 몸을 추스렸다. 그러나 이미 늦었다.

"전부 기합!"

이제 숨소리도 들리지 않는다. 그러나 선생님들의 노여움은 풀리지 않았다.

"거기 몇 학년이냐? 2학년이지?"

"……."

"2학년!"

"예에."

"대답 소리가 작다."

"2학년."

"이엣!"

악을 쓰며 대답한다. 사시나무 떨 듯 와들와들거린다.

"전부 엎드려뻗쳐."

아이들이 오구르르 엎드려뻗치면서 떠드는 소리가 줄어들다가 뚝 끊어졌다. 엉덩이를 내리면 당장 발길질이 들어오기도 했다. 그 상태에서 선생님의 인사 말씀이 있었다. 고요하긴 했지만 무슨 소리인지 하나도 들리지 않았다. 양팔이 후둘후둘 떨렸다.

"일어섯."

그 소리에 손바닥 털며 고개를 돌렸다. 그런데.

'어!'

3학년 여자 반에 그 여자 아이가 있었다.

'석연화.'

나는 순간적으로 이름을 기억해 냈다. 하얀 저고리에 검정 치마 밑으로 뽀얀 다리가 아른아른 드러났다. 다른 아이들이 모두 재잘재잘 정신없이 떠들 때 아까부터 그 소녀 혼자서 단상을 바라보며 꼿꼿하게 서 있던 것이다.

인사를 마친 노승방 선생님이 아이들 곁으로 다가오셨다. 그러더니 무릎을 낮추면서 엎드려뻗친 까까머리를 하나하나 쓰다듬어 주었다. 마침내 내 앞에서 멈추었다. 선생님이 내 머리끝을 바라보더니 빙그레 웃으셨다.
움찔거리며 달팽이처럼 고개를 파묻었다. 나는 꼭 드리
고 싶은 말을 끝내 전하지 못했다. 그랬다. 예나 지금이
나 그렇게 이별하는 방법을 몰랐다.

'선생님 당신을 사랑합니다.'

그 말은 운동장 깊숙이 묻어 두었다.

쥐꼬리 자르기

"알았지. 쥐꼬리 세 개씩 가져온다. 토요일까지."

"아유유유~."

아이들이 이구동성으로 소리지른다. 나도 상구도 상원이도 민구와 춘원이까지 이럴 때는 다 같이 한 목소리로 통일된다. 풀씨건 솔방울이건 기생충 검사용 똥이건 좌우지간 가져오라는 건 다 귀찮지만 특히 쥐꼬리가 가장 싫다. 풀씨는 훑으면 되고 똥은 남의 거라도 몰래 찍어서 내면 감쪽같지만 쥐는 직접 잡아 낫으로 꼬리를 잘라야 한다.

"우리나라는 지금 쥐가 기하급수적으로 늘어나고 있다. 우리들이 먹을 식량을 쥐란 놈이 다 먹는단 말여. 잘못하면 인간들이 쥐새끼 때문에 굶어 죽어요."

"기하급수적이 뭐대유?"

"…… 음. 쥐는 하나 둘 셋 네 마리 이런 식으로 늘어나는 게 아니라 제곱으로 느는 거여. 둘, 넷, 열여섯, 열여섯의 제곱이니까, 그다음 십육 곱하기 십육, 에또 이백오십육 마리. 이렇게 무지무지하게 늘어난단 말이여."

"우와."

"나중엔 지구 전체를 쥐떼들이 싸그리 덮을지도 몰러. 안방이고 사랑방이고 마루고 온통 쥐떼들이 득실득실하게 된당께. 책상이건 바가지건 아무거나 갉아먹고……이. 당장 이 교실 바닥으로 쥐떼들이 바글바글해 봐. 옷속으로 들어가고 두피도 뜯어먹고 이."

선생님이 잠깐 말을 끊었다.

"페스트균도 옮긴다. 한번 병이 퍼지면 수십만 명씩 떼잽이로 죽지. 몸이 시커멓게 썩어가면서."

"으으."

아이들이 진저리쳤지만 솔직히 쥐는 늘 옆에 있었다. 부엌이건 광이건 헛간이건 심지어 가겟방이나 학교 교무실까지 시도 때도 없이 나타났다. 잘 때도 천장에서 쥐들이 연신 두두두 돌아다녔지만 늘 들리는 소리라 시큰둥했다. 고구마나 감자를 쪄 먹을 때면 쥐 파먹은 자리는 부엌칼로 도려내 성한 쪽은 사람이 먹고 쥐 파먹은 쪽은 구정물통에 넣었다.

"선생님, 쟤 머리두 쥐 파먹었슈."

상구가 춘원이를 가리킨다. 춘원이는 머리 뒤통수 쪽으로 군데군데 하얗게 머리카락이 빠져 있었다.

"아녀. 도장병 자국이다."

춘원이는 씨익 웃으며 뒷머리를 가렸다.

그날 밤 천장에서 쥐가 떨어졌다. 저녁상을 막 치웠을 때 찢어진 천장 도배지 사이로 애호박만 한 어미쥐가 뚝, 뚝, 떨어진 것이다. 아버지는 쥐가 바닥에 떨어지자마자 재빨리 걷어찼으나 헛발질이었다. 어느새 쥐가 장롱 틈으로 숨어 버린 것이다.

"자루! 자루 하나 얼릉 가져오랑께."

아버지가 펌프 옆에서 빨랫방망이를 들면서 소리쳤다. 나도 재빨리 빗자루를 들었고, 준철이는 광에서 굴 따는 꼬챙이를 가져왔다.

"성준철, 그거 치워! 위험하닷! 쥐 잡다가 사람 잡을 껴? 성강철. 넌 빗자루 들고 뭐 해? 빨리 쫓아."

어머니가 빈 자루를 가져왔다.

"여보. 새 나가지 않게 바짝 대라니께. 틈새기만 생기면 그리루 빠져 나간다. 성준철 팍팍 두들기구."

"찍 찌찍. 찍."

"두두두두두."

준철이가 재미있다는 듯이 손나팔 모양으로 인디언 흉내를 냈다. 어머니가 자루 아가리를 장롱 틈에 빈틈없이 붙이더니 좌악 벌렸다. 쥐는 찍찍 소리를 내면서 이리저리 허둥댔다. 쫓는 사람이나 쫓기는 시궁쥐나 피차간에 안간힘이다. 아버지가 빨랫방망이를 들고 한마디 한다.

"아닌 밤중에 홍두깨구먼."

"그류."

두두두두두.

온 식구가 장롱을 두드린다. 벽을 두드린다. 문짝도 두들기고 세숫대야도 두들긴다. 나는 '홍두깨'란 뜻은 몰랐지만 그 속담의 뜻은 대강 알 수 있었다.

"이히히히히히."

준철이는 신이 나서 귀신 소리를 지르다 야단 맞았다. 밤중에 괴성을 지르면 진짜 귀신이 찾아오기 때문이다. 그때,

"들어갔드아!"

자루 끄트머리가 요술 항아리처럼 볼록 치솟았다가 철퍽 가라앉는다. 쥐가 발버둥치는 중이었다. 자루가 들썩들썩하는 폼새로 보아 어지간히 큰 쥐였다. 아, 순간 또 한 마리의 시궁쥐가 튀어나와 문지방을 빠져 나갔다.

"얼러! 두 마리였나? 워쩐지 뚝, 하나가 아니라 뚝, 뚝, 소리 나더라니."

쥐가 사라지면서 식구들도 조금은 안도하는 기색이었다.

"밖으로 나가 패대기쳐."

어머니가 뜰안에 패대기쳤다.

"찍!"

비명 소리가 아주 짧게 들렸다. 아버지가 마당으로 달려가더니 그대로 자루를 밟아 버렸다. 고무신 밑창에서 '푹' 소리가 나는 순간 내 심장도 '푹' 터지는 것 같았다. 어머니가 꿈틀대는 자리를 골라 빨래 방망이로 두어 번 더 두들겼다. '퍽퍽' 창자 터지는 소리가 들리더니 잠시 후 조용해졌다. 죽은 것이다. 쌀자루가 바람 빠진 풍선처럼 쪼그라들었다.

준철이와 함께 피투성이의 쥐를 퇴비장에 버리자 감나무 잎사귀가 오소소 흔들렸다. 돌아오려 하는데 짚누리에서 바스락 소리가 났다.

"가만."

　나는 남포등을 밝히면서 입술에 손가락을 대었다. 짚토매가 가느다랗게 떨린다. 숨소리를 멈추자 파도 소리만 자박자박 들린다. 휑한 달빛 사이로 감나무 잎사귀가 널따랗게 떨어진다.

　남포등이 흔들릴 때마다 그림자가 덩달아 무시무시하게 흔들린다. 조심조심 짚토매를 들췄다. 아, 새끼 쥐였다. 갓 태어난 아기 생쥐 다섯 마리가 눈도 뜨지 못한 채 헝겊처럼 뭉쳐 있었다. 여린 살갗에 붉은 빛이 섞인 갓난 쥐들이 오밀조밀 모여 있었다. 가까이 다가가도 눈을 뜨지 못한다.

"성. 이거 다섯 마리."

"아……."

"낫 가져오깡?"

"새앙쥐 꼬랑지를 낫이루 뚝 짜르잔 말이냐? 살어 있는 애기 새앙쥘?"

"그럼 아주 쥑인 다음 자를까? 도망치지 뭇허게."

"아…… 그만 둘텨."

짚으로 덮어 주었다. 부엉이 소리가 짚토매를 파고드는데 갓난 생쥐들은 아예 움직이지도 못했다.

'어린 생명이 더 소중해.'

그 말이 차마 나오지 못하고 자꾸만 가슴이 떨렸다.

"이게 쥐꼬리냐? 술안주지."

선생님이 오징어 다리로 머리를 툭툭 때렸다. 눈썹 아래로 재티가 뚝뚝 떨어졌지만 나는 그저 고개만 푹 숙이고 있을 뿐이다. 오징어 다리를 물에 불려 재에 버무린 다음 쥐꼬리인 척 가져온 걸 들킨 것이다. 바닷가에는 밀물 따라 들어온 오징어가 흔했기 때문에 어지간하면 구할 수 있었다.

"안 잡었어?"

"잡…… 았는디유."

"근디?"

"…… 꼬랑지를 당체 짤르지 뭇허겄데유."

"뭐가 임마!"

"……."

선생님이 답답하다는 듯 가슴을 친다.

"죽이긴 했어?"

"한 마리는 아버지가 쥑였는디유. 다섯 마린 제가 살려 줬슈."

"쥐꼬리를 제출해야지. 증거가 없어."

나는 손바닥 세 대를 맞았다. 당연하다고 생각했으므로 불만은 없었다. 맞으면서도 아기 생쥐의 쥐꼬리를 자르지 않았다는 사실만으로 행복했다. 어느 것이 옳은지는 아직도 모른다. 그러나.

'선생님, 생명은 모두 귀한 거잖아요. 특히 새로 태어난 것들은.'

그 말은 끝내 입술 바깥으로 나오지 못했다.

우리들은 커서 무엇이 될까

호박 구덩이를 팠다. 3분단 아이들이 모여 학교 대밭 아래 양지쪽에 구덩이를 스무 개쯤 팠다. 밑바닥에 낙엽을 깔았다. 똥을 퍼와서 부었고 그 위에 흙을 덮었다. 그리고 맨 위에 호박씨를 살짝 꼽고 흙가루를 뿌리는 것이다. 지금은 우리들의 장래 희망을 이야기하는 중이었다.

"넌?"

"과학자."

"성구. 너는?"

"나. 정치가가 될 텨. 대통령 아니면 최소한 장관 이상."

성구는 반장이다. 늘 말을 거창하게 해서 아이들이 감히 덤빌 엄두를 못냈다. 선생님들이 통솔력이 있다면서 해마다 연속 반장을 시켰다. 1등 하는 아이에게 반장을 시키겠다고 약속했다가도 정작 내가 모처럼 1등 했을 때는 통솔력이 약하다며 그냥 성구를 지명한 것이다.

"강철이, 너는 커서 무엇이 될래?"

잠깐 고민을 했다. 장래 희망을 말하는 게 부끄러웠기 때문이다. 그러다가 간신히.

"…… 문학가."

"시인이냐? 소설가냐?"

춘원이가 신문지를 덮으며 묻는다.

"시인."

"소설가는 왜 싫은디?"

"너무 길어서……."

"얌마, 그러면 차라리 처음부터 다른 걸 해. 과학자 허면 될 꺼 아녀. 노벨상두 타구."

"문학가는 노벨상이 없남?"

"있으면 니가 타것나?"

"누가 뭐랴?"

나는 말대꾸를 피하기 위해 막대기를 찾았다. 비닐을 받치는 지줏대가 필요했다. 주로 신문지를 썼지만 꼭 필요한 쪽은 비닐을 구해서 덮었다. 비닐이 신문지보다 햇

볕을 잘 받기 때문이다. 대나무의 탄력을 받은 비닐이 탱탱하게 퍼졌다. 이제 대나무도 떨어졌다. 두 구덩이 더 남았지만 귀찮아서 그냥 흙을 덮었다.

"시인덜은 배 고프다던디……. 선생님이 그랬어. 배 고픈 직업을 뭐 하러 하냐?"

"그래두 뭔가 있을 것 같은디."

"뭐가?"

"뭔가가."

"글세, 그 뭔가가 뭐냐구. 눈으루 뵈얄 거 아녀."

"안 뵈는디."

"그닝께. 그게 뭐냐구?"

"몰러. 그냥 뭔가 있을 것 같다닝께."

사실이었다. 나는 진짜 시인이 되면 꼭 무엇인가 있을 것 같았다. 설명할 수 없는 그 '무엇'이 잡힐 듯 말 듯 어른거렸다. 그때까지 민구는 한 마디도 하지 않았다. 성구가 툭 친다.

"너는?"

"…… 헐 말 없넌디."

"꿈이 뭐냐구?"

"없어."

"없어? 꿈이 없다구? 그게 말이냐? 막걸리냐?"

민구가 우물쭈물하다가 어깨를 탁 편다.

"이다바나 허까?"

"이다바?"

"중국집에서 밀가루 반죽 메쳐서 짜장면 가락 만드는 사람이다."

"왜 그거냐?"

"중핵교 못 갈 바엔 차라리 이다바가 되어 짜장면을 맹글면 사람덜이 맛있게 먹을 것 아니냐?"

"히히히히히히."

모두 배꼽을 잡고 웃다가 한 명씩 표정이 굳어졌다. 그의 꿈이 왠지 희망이란 단어와 달라보여서 안쓰러웠지만 마땅히 할 말이 없었다.

"우리 중국집으루 놀러 와라."

"짜장면은 공짜냐?"

"공짜는 아니지만 깎어는 준다. 짜장면 먹으면서 칭구들과 옛날 얘기허면 재미있겠지?"

민구가 허리를 구부린 채 삽질을 하며 대답한다.

"그런디 짜장면 먹어는 봤냐?"

"안."

"넌?"

"안."

아무도 짜장면을 먹어 보았다는 사람이 없었다.

"난 먹어 봤다. 히히히히."

상원이다.

"됐슈. 그만허시게. 3년째유."

"2년 반여. 아직 겨울이 안 지났응께."

상원이는 1학년 때 즈이 아버지 따라 서산 우시장에 갔다가 짜장면을 딱 한 젓가락 얻어먹었단다. 그날 이후 4학년 때까지 틈만 나면 짜장면 먹었던 자랑을 하는

것이다. 벌써 수십 번째다. 아이들은 상원이가 졸업하는 그날까지 짜장면 먹은 얘기를 되풀이할 것이라며 그 말만 꺼내면 지겨운 표정을 짓는다.

"아무튼 야중에 놀러 오랑께. 짜장면 진진 줄 텡께."

아이들이 모두 떠나고 나와 민구만 남아서 나머지 두 개의 구덩이에 비닐을 덮었다. 대나무가 없어서 개나리 가지를 꺾어서 비닐을 받쳤다. 더 이상 아무 말도 하지 않았다. 나 혼자 시인이 되어 민구네 짜장면집에 놀러 가겠다고 마음만 먹어보았다.

비밀의 동지

"지가 좋아했던 사람을 진정성 있게 말하는 거여. 여기서 헌 얘기는 앞으루 일체 우리만의 비밀로 붙이닝께."

"왜 그러지?"

"둘이서만 '비밀의 동지'가 되능 거여."

나는 고개만 끄떡였다. '진정한 친구는 둘만의 비밀이 있어야 한다'는 게 그럴싸한 제안 같았기 때문이다.

"누구여? 니가 좋아허는 여자 애."

민구가 먼저 물었다. 난감해진다.

"……."

"말해야 되어. 그렇잖으면 '비밀의 동지'가 깨지는 거여."

내가 먼저 비밀을 털어놓는 것이 불안한 것이다. 그러나 실토하지 않으면 '비밀의 동지' 사이가 깨지게 되므로 이럴 수도 저럴 수도 없었다.

"시방 좋아하는 애는 없어. …… 작년엔 있었지만."

지금은 좋아하지 않는다고 말한 것은 거짓이었다. 그렇게 슬쩍 덮을 수밖에 없었다.

"걔라두 말혀."

"…… 석연화."

"누구?"

"있잖어. 소경 아버지랑 나타난 공부 잘하는 여자 애."

"걘 일 년 선밴디? 두 살 많구."

내가 고개를 끄덕거렸다.

"그래두."

"원제 버텀?"

"뭐가?"

"좋아헝 게."

학예회 때였던가. 4학년 여학생들의 합창 시간이었다. 서숙자 선생님의 지휘봉에 맞춰 여자 아이들이 일제히 입술을 벌리는 중이었다. 입술 모양이 제비 부리 같다는 생각을 처음 해 보았다.

초록빛 바닷물에 두 손을 담그면

초록빛 바아닷무울에 두우 손을 담그며언

  앞줄 가운데에 연화가 있었다. 나는 '노래가 사람의
심금을 울린다'는 사실을 처음 깨달았다. 여럿이 합창으
로 불러도 한 사람 목소리로만 들릴 수 있다는 사실도
새롭게 알았다. 노래를 듣는 내내 몸이 허공에 부웅 떠
있는 느낌이었다.
  "합창 대회 때 노래 부르는디……."
  눈시울이 시큰해서 '짠했다'라는 말은 꺼내지 못했다.
대신.
  "이건 우덜찌리만의 비밀여. 너는 누구 좋아혀?"
  다짐받으면서 조심스럽게 물었다.
  "없어."
  "뭣?"
  "없당께."
  어이가 없었다. 조바심했던 일이 그대로 터진 것이다.
나만 얘기하고 민구가 안 하면 어쩌나, 했던 걱정이 그
대로 터진 것이다. 배신감이다.
  "얘기 햄 마."
  주먹을 쥔 내 손이 파들파들 떨렸다.

"진짜 없어."

"나만 얘기허구 끝내잔 말여? 말혀. 아무라두."

"아무라두. 없어."

"이 씨."

"…… 우리 누나. 조옥자."

"누나는 안 됨 마."

내가 어깨를 잡아끌었다.

"이거 안 놔?"

"누날 싫어허는 늠이 워디 있어. 나쁜 새끼."

"그러닝께 좋아헌다구 말헝 거여. 진실잉께."

"새꺄. 누날 좋아헌다능 게 '비밀의 동지'냐? 너만 쑥 빠져 나가구 야중에 애덜 앞에서 나만 골릴라구 그러지?"

"이거 놔."

"누나한테 장가 갈 거냐?"

"미친 늠."

퍽.

순간 민구가 먼저 주먹을 휘두르면서 코피가 터졌다. 내가 옷깃을 잡고 다리를 걸었다. 넘어지지 않고 옷만 좌악 찢어졌다. 둘이는 호박 구덩이 옆에서 데굴데굴 굴렀다. 몇 바퀴를 굴렀는지 모른다. 돌멩이에 등이 박혀

어깻죽지가 찢어지게 아팠다.

싸우는 소리를 듣고 당직 근무 중이던 조동재 선생님이 교무실 문을 열고 단숨에 뛰어왔다. 그런데 이상하다. 전혀 말리지 않고 구경만 하는 것이다. 오히려 갸웃갸웃대며.

"딱 맞수네. 끝까지 붙어 봐라. 질긴 놈이 이기능 거여."

어쩔 수 없이 우리들 스스로 싸움을 끝냈다. 민구는 싸움판에서 떨어지자마자 피식피식 웃었다. 그 웃음이 뜨끔뜨끔 가슴을 찌르는 것이다. 나는 싸우고 나서 웃는 아이들을 보면 소름이 오싹 끼쳤다.

그때.

"…… 아!"

내가 먼저 아, 하는 탄성을 질렀다. 민구도 코피를 훔치며 내 발 밑을 보았다. 개나리꽃이다. 호박 구덩이 옆으로 노란 개나리꽃이 활짝 피어 있었다. 민구가 호박 씨를 파묻을 때 지줏대가 모자라 무심히 개나리 가지를 꺾어 받쳤는데 어느새 뿌리를 내려 노란 꽃을 피워 낸 것이다. 개나리 노란 빛깔이 봄하늘로 가물가물 번지고 있었다.

할머니 함께 살아요

방학이 되면 무조건 큰아버지 집에서 지냈다. 우선 집에서보다 부모님의 잔소리가 없었으므로 나도 큰아버지네서 지내는 것이 좋았다. 다음으로 부잣집이라서 맛있는 것도 많았지만, 가장 큰 이유는 할머니가 계시기 때문이었다. 할머니는 이가 죄다 빠져서 사과를 먹으려면 숟가락으로 긁어서 잡수셔야 했다. 그 옆으로 날마다 손주들이 오그르르 매달렸다. 할머니나 아이들이나 그게 행복했다.

나는 다른 형제들이 많을 때는 할머니 옆에 가지 않았다. 아무래도 나보다 다른 형제들을 더 좋아할 것 같다는 막연한 열등감 때문이다. 그만큼 고통스러웠다. 선옥이 누나가 할머니 옆에 기대고 있는 것만 봐도 가슴이

허허롭게 뻥 뚫리는 것이다. 어쩔 수 없이 아무도 없을 때만 할머니 옆구리에 붙어 비실비실 어깨에 기대곤 했다. 왠지 나에게는 그만큼의 사랑이 적당하고 생각했다.

그러던 어느 날, 동네 할머니들이 밤마실 오셔서 얘기하던 중 내 머리를 쓰다듬으시며.

"얘가 나를 가장 잘 따라유. 젤 좋아해유."

그 말을 듣고 얼마나 기뻤는지 모른다. 할머니도 나를 좋아하는구나. 나만 좋아하는 줄 알았는데 할머니도 내가 좋아하는 걸 아시는구나.

드디어 자신감이 생겼다. 그 후 방학 내내 할머니 곁에 붙어 지냈다. 할머니 품에 안겨 젖을 만지며 잠을 잤다. 그랬다. 할머니가 있어서 방학은 행복했다. 문제는 하루하루 날짜가 지나간다는 현실이다. 날마다 두근두근했다.

달력 숫자판을 곱씹으며 하루하루를 안타까워하며 보냈다. 개학을 며칠 앞두고는 얼굴이 파리하게 굳어 밥 먹을 기운도 없었다. 그러거나 말거나 시간은 인정사정 없이 지났고 마침내 내일모레가 개학이다.

이튿날 할머니가 신작로까지 나와 사촌동생 민숙이와 나를 버스에 태웠다. 운전석 옆 엔진 앞자리였다. 민

숙이는 서산에서 내리고 나는 면 소재지까지 삼십 분쯤
더 간 다음 거기서 내려 이십 분가량 또 걸어가야 한다.

할머니가 포도 한 송이를 신문지에 싸 왔다.

"어여, 먹어."

포도를 내 품에 안기고는 그냥 내려가신다. 이제 진짜
작별이다. 포도를 먹는 내내 눈물이 펑펑 쏟아졌다. 사
촌 오빠의 우는 모습을 보고 민숙이도 따라 울었다. 눈
물 자국이 신문지에 번졌다. 저만치에서 모르는 척 손
흔들며 돌아서는 할머니의 뒷모습을 보았다. 참으면서
포도를 먹으려고 했다. 차마 우는 표정을 보일 자신이
없었다. 백미러를 보며 새빨간 눈동자로 우는 표정을 바
꾸려고 일부러 씨익 웃어도 보았다. 그러나 운전수가 시
동을 거는 순간.

"할머니이이."

나도 모르게 후아아앙 울면서 뛰어 내렸다. 민숙이도
차가 출발하기 직전 뛰어내렸다.

"할머니이……."

두 아이가 동시에 기어가다시피 달려가 할머니를 불
렀다. 처음에는 못 들었는지 그냥 걸어가고 있었다.

"할머니이!"

세 번째 불렀을 때서야 할머니가 깜짝 놀라 돌아섰다. 그리고 잠깐 난감한 표정을 짓다가 손주들을 향해 달려 왔다. 민숙이와 손을 잡고 뛰었기 때문에 한꺼번에 돌부리에 걸려 넘어졌다. 할머니가 손을 내밀었다. 죽어도 놓지 않겠다고 마음먹었다. 흙 냄새가 따뜻하게 가슴으로 파고들었다.

"그래, 할미랑 느이 집에 가자."

할머니도 눈물을 흘리셨다. 그날 이후 할머니는 그렇게 갑자기 끌려오셔서 우리 집에서 몇 년 더 머무르게 되었다.

사과 도둑

"사과가 위루 뻗쳐 있네?"

"아직 어려서 그려. 첨이는 위루 뻗다가 열매가 크먼서 아래루 축 늘어진댜."

"희안허게 뻗었다. 이."

민구가 살금살금 다가서더니 사과나무 열매를 뚫어지게 쳐다보는 것이다. 민구의 눈빛을 뜨악하게 느끼면서 나도 살짝 만져 보았다. 그러다가 묏등에 올라가 햇살 받으며 또 몇 차례 미끄러졌다. 삘기순을 뽑아 먹기도 했다. 삘기순은 감칠맛이 돌아서 봄날의 공복을 채워 주었다.

"밥 먹어라!"

민구 엄마가 머리카락의 탑새기를 털며 올라왔다. 그 뒤로 밥 짓는 연기가 바람에 걸려 휘어지고 있었다. 민구네 연기는 굴뚝뿐만 아니라 옴팡집 갈라진 벽 틈새 아무 데로나 빠져 나오는 중이었다. 초가집 전체를 밥 짓는 연기가 덮고 있는 것이다.

나는 민구가 떠난 뒤 한참 더 묏등에 앉아 있었다. 잔디 사이에 듬성듬성 고개를 내민 제비꽃을 한참 더 바라보았다. 자주와 검정의 중간 색깔이다. 그러다가 문득 사과나무를 올려보았다. 포도알만 한 사과알이 아까처럼 위로 솟구쳐 있었다. 까치발로 서서 나뭇가지를 잡아당겨 보았다. 가지가 휘어지면서 구슬만 한 사과알이 반짝반짝 달랑거린다. 따 먹고 싶다. 군침이 돌면서 갑자기 온몸에 전기가 오르듯 자르르 떨렸다. 뚝 분질러 깨물었다.

"아."

썼다. 마이신처럼 썼다. 추석 때 먹어 본 사과처럼 달고 시원한 맛이 전혀 아니었다. '이건 어떨까?' 하며 다른 것을 꺾어 조심조심 씹었다. 마찬가지로 혓바닥이 쓰라릴 정도로 써서 그대로 밭고랑에 버렸다. 구슬만 한 사과가 밭고랑에 거꾸로 처박혔다. 그리고 혼자 묏등에서 미끄럼을 타다가 집으로 돌아왔다.

이튿날 난리가 난 것이다. 어머니가 대문에 들어서며 소리치셨다.

"워떤 애가 사과를 딱 한 입만 베물고 먹다 만 그대로 밭고랑에 버렸댜……. 내 이눔이 누군지 알지."

나는 가슴이 철렁했지만 입을 다물었다. 아버지와 어머니는 한참 노여움을 삭이더니.

"가서 기창이랑 민구를 불러와라. 아무래도 초장부터 뿌리를 뽑으야것다."

기창이는 여물을 썰다가 얼떨결에 끌려왔다. 민구도 새끼를 꼬다가 쭈뼛쭈뼛 따라왔다. 송아지 코뚜레에 꿰이듯 소년 두 명이 엉거주춤 엉덩이를 뒤로 뺀 채 어기적어기적 끌려온 것이다. 아버지가 아이들을 사랑마루에 앉히고 차갑게 말했다.

"우리 사과 따 먹었니?"

"안유."

"증말?"

"이예."

"혼낼라구 그러는 게 아니라 앞으루 그러지 말라는 거여."

"안 먹었다니께유 진슬루."

기창이가 더 강력하게 부인했다. 아버지가 손바닥으로 기창이의 무릎을 때렸다. 아프게 때리지는 않았지만 위협적이었다.

"남들이 다 그러더라. 대충 아닝께……. 솔직히 말만 허면 죄다 용서한다."

"데리고 와유. 걔가 누군가."

"혼자만 알고 있겠다."

"왜 생사람 잡으유?"

"글쎄, 우리만 알고 있겠다닌까."

아버지는 기가 꺾였는지 목소리가 다소 부드러워졌다. 힘을 얻은 기창이가 더 자신 있게 발광을 했다.

"내가 왜 도둑놈이난 말유. 멀쩡한 사람 잡지 말유."

본디 창백한 아버지의 얼굴이 더 하얗게 질린다.

"잠깐 앉아 봐."

억지로 끌어당겼다. 기창이가 끌려오지 않으려고 발버둥 쳤으므로 푸닥거리하듯 모양새가 보기 흉했다.

"우리 집 사과나무 점 아껴 달라는 의미에서 느이덜을 부른 것인데…… 좋다. 얘기 나온 김에 끝까지 하자구."

아버지가 말꼬리를 흐리다가 결심한 듯 운동화 끈을 맸다. 그때 기창이가 민구의 팔꿈치를 쳤다.

"두구 봐."

"왜 나보구 그려. 내가 뭐라구 했냐?"

기창이가 두 살 위였으므로 민구도 함부로 하지 못했다.

"내가 도둑눔이냐?"

"선생님이 허신 소리여. 왜 나보구 그러느냐구."

두 아이의 거칠게 투닥거리는 모습을 보며 아버지의 입술이 다시 가느다랗게 떨렸다.

"내가 느이덜을 도둑눔이라고 헌 적은 일체 없다. 에또……."

아버지는 난처한 표정으로 목소리를 다듬는 중이었다. 순간.

"…… 에잇."

얼굴이 벌겋게 달아오른 기창이가 소매를 뿌리치고 뛰쳐나갔다. 아버지는 당황해서

'어, 어. 어' 했지만 붙잡지는 못했다. 그때였다.

"슨상님."

"……."

모두 고개를 돌렸다. 황매화 울타리 뒤에 어떤 여인의 그림자가 비쳤다.

"…… 슨상님."

아기를 업은 채 고개를 숙인 아낙네의 그림자였다.

"걔만 붙잡구 혼내지 말고 다른 애들도 불러 봐유. 걔가 사과를 땄어두 무지렁이 풋사과유. 도둑질처럼 숭헌 맴으로 한 것은 아닐 거유."

울타리 뒤로 어른거리는 그림자는 민구 엄마이다. 막내 관구를 업고 황매화 뒤에 숨은 듯 웅크린 채 목소리만 내보낸다. 관구가 황매화를 꺾으려고 팔을 허우적거리다가 햇살에 눈이 시려 얼굴을 찡그린다. 동네 사람들이 하나둘 늘어났으므로 일은 더욱 난감하게 꼬였다.

"그래두 첨으루 사과나무를 심었는디…… 그게 채 익기두 전에…… 가쟁이째 꺾어 있기에 교육시킨 거니 이해하세유."

어머니가 민망한 표정으로 끼어들었다.

"없이 살다 봉께 엠허게 맞을 일이 더 많습디다. 집에서 애 아비헌티 으더터지는 것두 가슴 미어지는디."

"아, 이예."

"다 애비 애미 못난 탓유."

"애 아버진 요샌 술 덜 마시쥬?"

어머니가 슬쩍 말꼬리를 돌렸다.

"맨날 그만 하쥬. 너머 아프게 쌔리진 마세유."

"때리진 않았는디유."

민구 엄마가 눈물을 글썽이더니 돌아섰다. 그 모습을 보며 아버지가 난감한 표정으로 한 마디 던진다.

"…… 못 본 척합시다."

"그류. 못 본 척해야지. 서루 못할 짓이네."

"남의 흠집 들추는 게 그만큼 힘듭디다."

아, 나는 그때 '훔친 것'을 밝히는 게 얼마나 힘든 일인가를 깨달았다. 도벽질을 보고도 눈 감아야 하는 이유도 처음 알았다. 하물며 멀쩡한 사람을 도둑으로 몰아가는 것이 얼마나 위험한지도 처음 알았다.

그것은 학교에서 배운 것과 정반대였다. 선생님은 도둑질은 무조건 초장에 뿌리째 뽑아내야 한다고 하셨다. 훔친 것은 아무리 작은 물건이라도 반드시 밝혀내어 나쁜 버릇의 싹부터 잘라내야 한다고 하셨다.

춘원이가 컴퍼스를 잃어버렸을 때도 그랬다. '바늘 도둑이 소 도둑 된다'며 저물도록 집에 보내지 않고 책상 위에 무릎 꿇는 벌을 세웠다. 예순아홉 명 전체가 방과 후 내내 기합을 받았고, 또 당연히 그래야 되는 줄 알았다. 나중에는 그릇에 빨간 잉크를 담아와 한 사람씩 손을 넣어 보라고 했다. 도둑질한 아이의 손이 들어가는 순간 새까맣게 썩을 거라고 했다. 그러자 마침내 범인이 나타났고 그 아이는 1년 내내 우리들에게 따돌림을 당했다. 하지만 그 아이가 먼저 나타나지 않았으면 나 역시 빨간 잉크에 손을 넣지 못했을 것이다. 억울하게 도둑 누명을 쓰더라도 손목이 뎅강 잘라질 수는 없는 것이다.

참나무 옆에 그림자 두 개가 어른거린다. 내가 갑자기 민구를 잡아끈 것이다.

"쌔려."

내가 '차려 자세'를 취했다. 아무래도 몇 대 얻어맞아야 속이 풀릴 것 같은 것이다.

"왜?"

"우리 집 사과는 내가 따 먹은 거여. 울 엄마가 오해해서 니가 엉뚱하게 뒤집어쓴 거여. 그러닝께 쌔려."

"싫으."

"쌔려. 내가 잘못형 거닝께 맞겄다."

민구의 얼굴이 짐짓 붉어진다.

"아녀. 나두 너 몰래 몇 개 따 먹었다. 사실 기창이두 얼마 전에 몇 개 따 먹었다. 풋사과는 진짜 쓰기만 허구

70

맛대가리 없더라. 기창이는 내가 고자질헌 중 알구 아까
버텀 나를 벼르능 겨."

　그것도 안다. 문제는 이제 막 열매 맺는 풋사과 알맹
이를 마을 악동들 여럿이 흔들어 놓고 야단맞을 땐 주인
아들인 나만 빠진 거였다.

　"됐남?"

　"……."

　"쌔려! 맞으야 속이 풀릴 것 같응께."

　"접때 '비밀의 동지' 약속 위반이랑 비긴 걸루 허자."

　"싫다. 그땐 서루 치고 받고 싸웠잖남."

　"시방 너한티 감정 없넌디."

　"한 대라도 맞구 끝낼 텨."

　"진짜? 억울헐 텐디."

　"그래두 맞는 게 낫다."

　진짜 그러고 싶었다. 한 대 맞고 친구에 대한 미안함이
지워진다면 얼마든지 맞아줄 수 있었다.

　"…… 뎀비기 없다."

　"이."

　나는 눈을 감았다. 민구가 숨을 뿜으며 주먹을 얼굴 가
까이 대었다가 슬쩍 뺀다. 볼이 간질간질하다. 맞는 것

보다 매를 기다리는 게 훨씬 힘이 든다.

"혼난 것이 분해서 한 대만 조진다. 이 시발."

동시에 나는 푹 쓰러졌다. 그런데 한 대 맞으면 기분이 풀릴 줄 알았는데 그렇지 않았다. 우선 아팠다. 그리고 '이 시발'이라는 민구의 욕설이 사금파리처럼 가슴에 콱 박히는 것이다.

교실에 나타난 민구 아버지

"민구야, 너는 느이 아버지를 닮지 마라. 이."

조 선생님은 수업 도중 가끔씩 민구를 바라보다가 갸웃거리며 그 말을 던졌다.

"히이."

민구는 멋쩍은 웃음만 지을 뿐 말대꾸는 하지 않았다. 언제부터였나, 집안 얘기에는 일체 대꾸하지 않는 단단한 체질로 바뀌는 중이다.

"느이 아버지는 아무도 못 이겨. 나 혼자만 이길 수 있어."

그럴 수도 있을 것 같다. 조 선생님은 달리기건 덤블링이건 모두 잘했기 때문이다. 바로 그때였다. 문이 드르륵 열린 것이다. 웬일일까? 민구 아버지가 휘청거리며 교실로 들어온 것이다. 불콰하게 풍기는 술 냄새 뒤로 새빨간 철쭉꽃이 화사하다.

"나유."

"웬일여? 호랑이도 제 말 하면 온다더니 천상 양반은 아니구먼."

조 선생님은 당황했지만 그렇다고 아주 싫어하는 표정은 아니었다.

"생각해 보란 말유. 내가 노름 했으면 논문서를 품었겠소? 집을 저당 잽혔겠소? 젠장, 논이 있어야 논문서라두 품지. 까짓 겉보리 두어 말 가지구 그래 사람을 유치장에 집어는다구 으름장 놓는단 말여? 내 나이 마흔에…… 그래…… 조오기 코끼리 같은 자식도 있는데 새파란 애기순사한테 으더 맞게 생겼느냐구?"

민구 아버지가 책상을 뻥 치는 시늉을 했다. 그 순간 콧방울이 덜렁거려 아이들 모두 책상에 엎어져 터지는 웃음을 간신히 참는 중이었다.

"가."

조 선생님이 짧고 단호하게 말했다.

"내 말이 뭐가 틀렸느냔 말유. 같은 풍양 조(趙)씨 양반 가문찌리 터 놓구 얘기헙시다."

"약주 한 잔 하셨으니 그만 집으루 돌아가시게. 한심 푹 주무시구 나면 멀쩡허게 깰 것 아닌감? 왜 핵교 와서 시빈가. 애덜 앞에서."

"시비. 그렇지. 시비하는 거요. 옳구 그른 것을 시시비비 따지잔 말입니다. 핵교 선상님덜이 옳구 그른 시비를 갈치능 거니께."

"틀렸다는 얘기가 아녀. 그만 하자는 얘기지. 옳은 얘기허능 것이 꼭 옳은 것은 아니잖남."

"사람 후려째리구 미안하다면 끝이래유?"

"왜 나보고 그래. 때린 사람한테 가서 따져야지."

조 선생님이 달래는 목소리로 말하자 민구 아버지도 목소리를 조금 낮추는가 싶었다. 그러더니,

"노래 하나 허까유."

"왜 이러셔?"

"잘 할 수 있슈. 이미자의 '섬마을 선생님' 그렇지 애 덜아!"

"아니유~!"

아이들이 합창으로 대답했다.

"뎆끼. '섬마을 선생님'이 왜 생긴 중 알어? 이런 화창 한 오후에 불르라구 맹근 거여."

민구 아버지는 주먹을 치켜들며 때리는 시늉을 하였다. 아이들은 배꼽을 잡으며 더 크게 웃었다. 그때,

"가유!"

누군가의 외침에 웃음소리가 뚝 끊어졌다. 민구였다. 민구가 소리 지르며 책상에 고개를 처박았다. 아이들이 까르르 웃었다. 민구 아버지의 얼굴이 짐짓 빨갛게 달아오르다가 다시 흐뭇하게 웃어 보였다.

"야중에 보시오. 우리 민구가 출세합니다. 야중에 출세해서 면장이건 지서장이건 한 자리 꿰찰 테니 두고 보슈."

"출세허면 축하해 주지. 누가 배 아퍼하남?"

"두구 보랑께유."

"글쎄 잘 안다닌까. 그러니까 그만 가시지. 수업 중이니까. 교장 선생님이라도 오면 큰일이여."

"아, 교장. 교장 좋다. 우리 아들 교장 시키먼 되겄다. 아, 우리 아들 교장 시켜서 나두 폼 점 잡자. 앵경 쓰구 단장 집구 여봐라, 교장 아버지다. 아하하. 교장보담 한 계단 높은 교장 아버지다. 허허, 어르신네 나가신다. 배 쑥 내밀구 에헴톨톨 해야지."

"아저씨, 민구는 중국집 이다바 헌대요."

아이들은 이 돌출된 상황이 마냥 즐거운 모양이다.

"뭐?"

쿵.

하하거리던 민구 아버지가 고개를 홱 돌리자 그야말로 '쿵'하는 소리가 나는 것처럼 아이들의 표정이 일순 굳어졌다. 아주 잠깐 무거운 침묵이 흘렀다. 민구 아버지가 찌푸린 얼굴로 민구를 쏘아보았다.

"조민구. 진짜여?"

"예스."

민구가 허리를 딱 편 채 자신만만하게 대답했다. 그러자 민구 아버지 얼굴이 다시 환하게 풀렸더니.

"좋다. 그러닝께 내 새끼지. 이다바먼 워떠냐. 씩씩허게만 자라다오. 하하하하."

그러더니 '빠이빠이' 하며 밖으로 나갔다. 아이들도 덩달아 '빠이빠이' 하며 손을 흔들었다. 철쭉꽃 그림자가 흔들리면서 그의 어깨를 물들여 주었다. 아무 일도 없었다.

모두 다시 책을 잡았다. 민구도 고개를 숙이고 산수 문제를 푸는 중이다. 산수 공책 첫 장엔.

'이 공책은 누나가 나보고 공부 열심히 하라고 사 준

것이다'

그렇게 적혀 있었다. 나는 그 문장을 보면서 가슴이 철렁 내려앉았지만 겉으로 내색하지 않았다. 민구 누나는 서울에서 식모살이를 하면서 고향 집에 매달 삼백 원씩을 보내 준다고 한다. 추석 때는 주인집에서 입던 스웨터나 운동화까지 한 보따리 가져와 옷 잔치를 벌이기도 했다. 그 누나가 바로 민구가 세상에서 가장 좋아하는 바로 열여섯 살 조옥자 누나였다.

늬 아버지가 누구냐

언제부터였나? 만화책을 덮고 동화책과 소설책을 읽기 시작했다. 방과 후 도서실 대용으로 쓰는 3학년 그교실에서 도서 대출을 해 주었다. 노승방 선생님이었다. 선생님이 3년 만에 정말 돌아오신 것이다. 선생님은 나를 알아보지 못했지만 나는 예전의 기억이 생생했다. 선생님과 눈빛이 마주칠 때마다 '비 오는 날 바닷가 오두막에서 얻어먹은 우유 한 잔'의 이야기를 하고싶어 입이 간질간질했다. 동시에 혹시나 알아볼까 두근두근했다.

그러나 선생님이 끝까지 알아보지 못하자 이내 포기하고 닥치는 대로 책만 읽었다. '서유기'도 읽었고, '장발장', '걸리버 여행기' 뿐만 아니라 선생님들이 읽는 책꽂이에서 한용운의 '님의 침묵'까지 뽑아 읽었다.

그날도 민구와 함께 독서 교실에 들렀다. 동화책은 몇 번을 읽어도 만화책처럼 질리지 않았으며 한 장 한 장 넘길 때마다 가슴이 두근두근했다. '성냥팔이 소녀'나 '행복한 왕자'같이 슬픈 내용들은 너무 여러 번 읽어 내용을 좔좔 외울 정도였다. 결말이 내부분 슬프고 불행하게 끝났는데 그래도 '미운 오리 새끼' 하나가 마지막에 행복하게 끝나서 기분이 좋았다.

이 세상에서 가장 불쌍한 사람은 '성냥팔이 소녀'였다. 불 꺼진 겨울 골목길에서 언 손을 녹이기 위해 성냥 한 통을 죄다 켜 버린 것이다. 불을 밝히면 '행복한 세상'이고 불을 끄면 '춥고 배고픈 세상'이 번갈아 펼쳐졌다. 기적이 일어나기를 기도했지만 소녀는 성냥 한 통을 다 켜 버리고는 눈 내리는 골목길에서 끝내 얼어 죽었다. 나는 소녀가 죽은 뒤 그제서야 시신 앞에 모여 반성하는 척 기도하는 세상 사람들이 그리도 미웠다.

그러거나 말거나 눈물이 뺨을 타고 철철 흘렀다. 친구들에게 들킬세라 윗도리를 머리끝까지 끌어올리고 혁혁 흐느꼈다. 그러다가 뒷목이 당기는 느낌이 들어 고개를 돌렸다. 아, 노승방 선생님이 눈알이 시뻘건 내 얼

굴을 물끄러미 바라보는 중이었다. 나는 고개를 더 파
묻었다.

"왜 혼자 울고 있니?"

"안유."

나는 얼른 눈물을 닦으며 일부러 씨익 웃어 보였다.

"입술은 웃는데 눈알이 새빨갛구나."

"암껏두 아뉴."

"무슨 일 있지?"

"아뉴. 진짜."

차마 '성냥팔이 소녀가 불쌍해서 울었어요'라고 말할
수 없는 것이다.

"너 어디 사니?"

"부성면 한머리유."

어른들은 아이들을 만나면 시도 때도 없이 그렇게 물
었다.

'너, 워디 사니?'

'느이 애비가 누구냐?'

'아하, 거시기 아들내미구먼. 천상 국화빵틀일세 그랴.
뚱그런 게 동생이구 질쭉헝 것이 성이지?'

'느이 애비 시방두 논문서 품구 노름판 쫓어댕기니?'

아이들은 그런 질문이 귀찮아서 어른들을 보면 비실비실 피하기도 했다.

"느이 아버지가 누구시냐?"

"……."

내가 상기된 눈빛을 파르르 떨며 간신히 대답했다.

"성자 중자 식자입니다."

"누구?…… 뭣!"

"우리 학교 성중식 선생님인디유."

선생님의 눈동자가 동그라지면서 이내 함박웃음을 터뜨렸다. 아버지가 우리 학교 3학년 1반 담임 선생님이란 사실을 비로소 아신 것이다. 귀밑까지 빨개진 채 고개를 숙였다.

"그럼…… 네가 바로 그때 그 애?"

"이예."

"옛날 비 오던 날 노라실 바다에서 비 쪼르르 맞고 우리 집에 와서 밥 먹은 애?"

"밥은 아니구 우윱니다. 가루 우윤 왕겨 불에 데워 먹었는디유."

"넌 참 기억력이 좋구나. 난 이미 잃어 버렸는데."

선생님이 다시 머리를 쓰다듬으셨다. 예전에 헤어질

때처럼 따뜻한 손이다.

"그래 어른이 되면 무엇이 되고 싶으냐?"

"……."

아까보다 목소리가 더 기어 들어갔다. 이런 질문이 가장 난감한 것이다. 땅거미가 밀려오면서 잿빛 하늘이 창틀에 걸린다.

"문…… 학가유."

"문학가?"

"예."

또 허허허 웃으셨다. 텅 빈 교실. 벽에 부딪친 웃음소리가 파도처럼 출렁거린다. 길게 뻗은 턱의 선이 백화산 능선처럼 인자해 보인다. 태양이 창틀에 쟁반만 하게 걸리면서 세상이 온통 붉은 색이다.

"선생님."

왜 갑자기 당돌해지고 싶었던 것일까?

"뭐냐?"

"…… 훌륭헌 문학가가 될라면 워떤 책을 읽는대유?"

선생님은 잠시 생각에 골똘한다.

"어떤 책 읽을까 고민하는 것보다 열심히 놀구 잘 먹는 것이 더 중요허다."

도리질 쳤다. 아니다. 말도 안 된다. 훌륭한 문학가가 되기 위해서는 열심히 먹고 열심히 놀아서는 절대로 안 된다는 생각이다. 열심히 글을 쓰고 열심히 책을 읽어야 한다. '반딧불을 밝히고라도 글을 써라' 하든가, 아니면 '잡은 책은 손바닥에 불이 나더라도 놓치지 말아라'는 뜨거운 교훈이 있어야 한다. 실망한 만큼 오기가 생겼다.

"선생님."

"뭐?"

"'잃어버렸다'가 아니라 '잊어버렸다' 인디유."

"무슨 말이냐?"

"아까 '난 이미 잃어버렸다'고 하셨잖유. '잃어버렸다'가 아니라 '잊어버렸다'가 맞는디유. 물건이 아니라 생각이닝께 '잃다'와 '잊다'의 차이유."

선생님이 눈을 동그랗게 떴다. 그러더니 허허허 웃으며 머리를 긁어주며 말했다.

"네 말이 맞긴 하지만 따지는 게 전부는 아냐."

갈림길에 오자 사방이 어둑어둑했다. 민구가 물었다.

"아까 왜 울었니?"

"성냥팔이 소녀가 얼어 죽었어."

"걔가 죽었는데 왜 울어?"

나는 대답할 말을 찾지 못해 우물쭈물했다.

"불쌍허지 않응감?"

"맹글어낸 얘긴디. 왜 불쌍혀?"

"주인공의 슬픔이 내 슬픔으로 변신헝 거여."

"가짜여."

"가짜두 슬픈 내용이면 슬픈 거여."

혼자 오면서 또 눈시울이 시큰했다. 성냥을 켤 때마다 환상으로 떠오르는 풍경에 '아아.'하고 행복한 탄성을 지르는 성냥팔이 소녀가 불쑥 떠올랐기 때문이다. 그림자가 지워지고 곧바로 어둠이 오면 키 큰 미루나무가 제일 먼저 검은색으로 변했다.

똥개 앞에서

살살이꽃 언덕을 넘으면 바다가 보인다. 밀물 때는 초
록빛 바닷물이 출렁거리고 썰물 때는 펄밭 군데군데 웅
덩이에 남은 물이 햇살받아 반짝거린다. 늘상 만나는 바
다인데도 언덕 아래에 서면 언제나 가슴이 설레였다.

지금은 3형제가 쪼르르 막걸리 심부름을 다녀오는 길
이다. 양조장까지는 걸어서 15분, 왕복 30분이다. 콘크
리트 다리 앞에서였다. 갑자기 맨 앞에 촐랑거리며 뛰어
가던 호철이가 불안한 표정으로 엉거주춤 섰다. 그리곤
조금씩 뒷걸음질친다. 검둥이 한 마리가 미루나무 옆에
서 오줌을 누고 있기 때문이다.

"성. 성. 강철이성."

호철이가 겁먹은 표정으로 검둥이를 가리킨다. 나는

조금 놀라기는 했으나 자신있는 표정으로

"걱정 마. 저런 똥개쯤이야 암것두 아녀."

호철이를 안심시키고 앞장섰다. 사실 혼자만 있다면 저런 똥개쯤이야 아무것도 아니다. 문제는 동생들이다. 그래서 이런 기회에 담력을 튼튼하게 키우는 교육을 시켜야겠다고 다짐한 것이다.

"개는 도망치면 깔보구 무조건 뎀빈다. 허지만 츤천히 지나가면 뎀비질 뭇혀. 이. 우선 눈을 마주치지 마. 눈 마주치면 미워허는 중 알구 거품 무닝께. 그러나 일단 마주치면 똑같이 노려봐야 헌다. 끝까정 노려봐야지 중간이서 눈길 피하면 그게 지는 거여. 저버덤 약한 중 알면 무조건 뎀비니께. 알었어?"

"이."

준철이는 야무지게 눈빛을 반짝였고 호철이는 불안한 표정으로 대답했다.

"자, 내가 먼첨 지나간다. 나는 아예 뭇 본 척 지나갈 참여. 처다보지 않으면 개두 멍청하게 딴전만 피능 거여. 진짜루 개가 워치게 반응허나 봐."

"그다음 준철이."

"이."

"너두 개를 쳐다보지 말어. 단, 눈이 마주치면 계속 노려봐. 눈싸움에서 지면 안 돼."

"성…… 난?"

호철이가 겁먹은 얼굴로 뒷걸음질치자 살살이꽃 대궁이 일제히 싸 - 하고 허리를 숙인다.

"너 땜이 연습시키는 거여. 잘혀. 절대 뛰면 안 된다. 알았지? 개는 뛰면 자길 무서워허는 중 알구 무조건 뎀빈다는 거여."

내가 먼저 막걸리 주전자를 들고 천천히 발걸음을 떼었다. 검둥이가 오줌을 누다가 고개를 돌린다. 뒷머리가 찌잉 땡긴다. 그러나 의연한 자세를 보여야 한다. 다리를 지나서는 쫄밋거리며 발걸음을 조금 빨리 떼었다. 여차 하면 발길질로 한 대 날릴 생각도 했다. 냇가 건너편에서 동생들이 불안한 표정으로 바라보고 있다. 일단 나는 무사히 건넜다. 다 건너 간 다음 준철이에게 손짓했다. 검둥이가 고개를 들더니 준철이를 노려본다.

"으으."

준철이가 이를 딱딱 부딪쳤다. 비장한 표정이다.

"성 같이 가자!"

호철이가 준철이의 바지끈을 잡아당겼다.

"안 돼. 아주 중요헌 연습이랑께."

준철이가 단호하게 손을 뗀다. 그리고 쭐밋거리지 않고 성큼성큼 걷는다. 하지만 처음부터 검둥이와 눈빛이 마주쳐 버렸다. 준철이가 밀리지 않고 마주 노려봤다.

"…… 크르르릉."

검둥이가 가늘게 신음하며 거품을 뿜는다. 하지만 준철이는 검둥이를 꼿꼿이 쏘아보면서 천천히 발걸음을 떼었다. 그 눈빛이 개보다 더 비장하다. 아닌 게 아니라 검둥이도 그르르르 거품만 부글거릴 뿐 덤비지는 못했다. 오히려 꼬리를 내리고 뒷걸음질쳤으니 기싸움에서 이긴 것이다.

"마지막 호철이."

"성…… 안 되겄는디."

"새끼. 겁먹지 말구 츤천히 걸어오랑께."

하지만 호철이는 건너오지 못하고 엉거주춤 뭉개고 서 있을 뿐이다.

"그냥 오라닝께. 끄떡없어. 츤천히 걸어와. 뛰먼 클난다."

호철이는 그래도 쭈뼛쭈뼛 망설인다.

"절루 돌아갈려."

호철이가 논두렁을 가리킨다. 하지만 그쪽으로 돌아가려면 몇백 미터는 족히 더 걸어야 한다. 게다가 논두렁은 이슬도 많고 땅도 질퍽거리며 가끔 뱀도 나타난다. 더구나 나는 빨리 가서 라디오 연속극 '손오공'을 들어야 했기 때문에 마음이 급했다.

"그냥 오랑께. 괜찮단 말여."

"안 돼."

"내가 책임진다. 으이그."

호철이가 울상을 지었다.

"물리면 끝장인디. 저쪽으루 갈려."

"그쪽은 배암이 우글거려. 독사한테 물리면 얼굴이 퉁퉁 붓고 피를 한 사발은 토하고 하루 만에 죽어."

"아아. 워쩐댜?"

"자식. 괜찮다니까. 자, 봐."

나는 호철이를 안심시키기 위해 다시 다리 쪽으로 서너 발자국 움직였다가 돌아가는 시범을 보였다. 말똥을 핥던 검둥이가 고개를 휙 치켜들었다. 순간 멈칫했지만 겁먹지 않고 다시 성큼성큼 돌아왔다.

"자, 봤지? 근녀 와."

그래도 호철이는 벌벌 떨며 건너오지 못한다. 형과 자

기는 체격부터 다르다는 생각이다. 원래 개는 조그만 아이들에게만 자신만만하게 덤비는 것이다. 땅거미가 몰려오면서 세상이 순식간에 썩은새 빛깔로 덮힐 판이었다.

"빨리 오랑께, 밥 안 먹을 꺼?"

"무서워."

나는 돌멩이 하나를 집어 들었다. 맨질맨질한 조약돌이다.

"자 근너 와. 만약 뎀비면 짱돌루 대가릴 찍어 버릴꺼."

준철이도 돌멩이를 든다. 준철이의 돌멩이는 머리통만큼 커서 두 손으로 간신히 들어야 했다. 그걸 어깨에 올려놓고 낑낑댄다.

"자, 근널 준비."

검둥이가 바닷가 쪽으로 몸을 돌린다. 순간 호철이가 눈을 찔끔 감더니 좌악 달린다.

"요오시. 기회는 찬스다아."

소리치며 후두두 뛰었다. 그때였다. 지금까지 잠잠하게 있던 검둥이가 느닷없이 쫓아오는 것이다.

"크아아앙. 크앙."

"아아아아아아악."

개 짖는 소리와 비명 소리가 냇둑에 동시에 부딪쳐 쨍 그랑쨍그랑 터진다. 살살이꽃 이파리가 화들짝 놀라 우수수 소스라친다.

"돌멩이 발사!"

내가 먼저 돌멩이를 던졌다. 준철이도 명령에 맞춰 어깨에 메었던 커다란 돌을 던졌다. 돌멩이가 빗나가 하마 터면 호철이 이마에 맞을 뻔했다. 돌멩이가 날아오자 검 둥개는 '깨깨갱갱' 하면서 저만치 도망쳤다.

"빨리 뛰어!"

삼형제는 논두렁 쪽으로 죽어라고 뛰었다. 바다가 보 이는 언덕까지 왔을 때 막걸리는 이미 삼분의 이쯤 엎 질러져 있었다.

"그만!"

"으아아앙."

호철이가 더 크게 소리내어 운다.

"괜찮어. 으이구. 개는 원래 자기 구역을 지나면 따라 오진 않능 거여."

나는 밭두렁에 주저앉은 호철이에게 조근조근 설명 해 주었다.

'개는 못 본 척하면 안 덤빈다. 그도 안 되면 똑같이 노려보면 이길 수도 있다. 그것도 안 되면 돌멩이를 던져라. 그러면 나중에 쫓아오더라도 일단은 저만치 도망가는 게 개의 습성이다. 이것저것 다 실패하면 죽어라고 도망가야 한다. 개는 쫓아오다가 즈이 동네를 벗어나면 결국 따라오지 않는다.'

대강 그런 요지였다. 그러나 호철이는 도대체 뭐가 괜찮다는건지 이해하지 못하는 모양이었다.

"그리구 호철이."

"이."

"'요시'는 일본말이여. 쓰지 마. 우리 말은 '좋았어'여."

"놀랬구나. 울 애기덜."

할머니가 막걸리를 한 잔 따랐다. 처음에는 할머니가 마시려는 줄 알았다. 그런데 그 술잔을 손주들에게 내미는 것이다. 모두 깜짝 놀라 '흠찔' 목을 움츠렸다.

"한 모금씩이닝께 괜찮다. 애덜 놀랬을 땐 맨술 한 모금 마시야 증세가 없어지는 거여. 안 그러면 '놀램증' 생겨 자다가 발딱발딱 일어나."

어떻게 할까. 쭈뼛쭈뼛했다. 그러다가 내가 먼저 술잔에 입을 대었다. 생각보다 달콤했다. 한 종재기를 단숨에 쭈욱쭈욱 들이켰다. 이상하다. 한 모금 더 마시고 싶은 것이다. 준철이가 물었다.

"성, 괜찮은감?"

"아무렇지도 않은디. 나는 커서 술꾼이 될라나 벼."

"증말 괜찮응감?"

준철이도 몽싯몽싯 술잔에 입술을 대었다.

"너두 맛있니?"

"안."

"근디?"

"취허진 않네. 이."

"안 취혀?"

"아무렇지두 않어."

"그럼 너두 술꾼이네. 민구 아버지 같은."

"안. 난 주정뱅이 술꾼은 절대루 아녀. 싸워두 맨 정신으루 싸울 꺼여."

"취허진 않았잖어? 안 취허면 그게 술꾼이 되능 겨."

"안 취헌다구 죄다 술꾼인감?"

"아, 그런디."

"뭐?"

"만약 선생님이 술 마신 사람 일어나라구 허면 워치

게 허지.”

“…….”

“…….”

한참 동안 아무도 입을 벌리지 않았다.

“나는 할머니가 마시라고 해서 마신 거닝께 일어나
지 않을랴.”

준철이가 재빨리 고개를 흔들었다.

“나는 내가 마시구 싶어서 마신 거닝께 일어날 텨.”

마음이 불안했다. 한번 입에 붙은 술 냄새가 껌딱지처
럼 가시질 않는 것이다.

옥이 이모

　고모할머니 회갑상이 차려졌고 식구들이 우르르 모였다. 마지막으로 일가친척 모두 사진 찍는 시간이다. 할머니가 가운데 앉고 그 옆에 작은할머니와 큰고모네 식구들이 앉았다. 쬐끄만 아이들은 무릎에 앉고 큰 아이들은 엉거주춤 서서 찍었다. 생김새가 고만고만해서 탁 봐도 한 집안인 줄 알아보게 생겼다. 그런데 그 자리에 옥이 이모가 살그머니 빠지는 것이다. 저만치서 문기둥만 붙잡고 남들 찍는 것을 멀거니 구경만 한다.

　"들어와."

　"……."

　"어여 들어오랑께. 뭐헌댜?"

　이모는 사람들이 손짓할수록 치맛단만 부여잡으며

앵두나무 밑으로 뒷걸음질친다. 구경꾼 자리에 선 옥이 이모의 회색빛 웃음이 퍼지려는 순간 '펑'하며 사진이 찍혔다. 사람들이 저마다 만족한 표정으로 흩어진다. 이모가 사라진 개울가로 조팝꽃 무더기가 일제히 일어서서 하얗게 밥풀을 터뜨린다. 쭈뼛쭈뼛 이모의 뒤를 따라갔다. 준철이와 호철이도 따라왔다.

"이모, 사진 왜 안찍어?"

이모가 파리한 입술로 희미하게 웃었다.

"마지막이 될 것 같아서……. 마지막 사진이라는 느낌으루 사진기 앞에 서는 게 무서워. 나중에 사람들이 내 얼굴을 보면서 '이 여잔 죽은 사람이야' 뒤에서 수근거릴 것 아니냐?"

비가 온 후 벌판이 더 깨끗해졌다. 이모가 갈대줄기를 깨문다. 나도 따라 씹어 보았다. 맛이 지렸다. 이모는 호철이의 손을 잡고 염전 쪽으로 타박타박 걸어갔다. 언덕을 넘으면 바다였다. 비 개인 바다가 누르스름하게 출렁거린다. 이모는 나를 지긋이 내려다보며 내 손을 잡았다.

"손이 따뜻하다."

이모의 손은 갈대처럼 차가웠다. 그러나 차마 이모의

손이 차갑다고 말하지 못했다. 언덕을 내려서니 장마 후 도랑은 완전히 흙탕물이었다.

"이모 뛰어 근너."

하지만 이모는 치마가 길어 뛰지 못한다. 검은 바탕에 붉은 장미가 그려진 월남치마가 흙탕물 위에서 깃발처럼 펄럭였다.

"……."

"뛰랑께."

이모는 그냥 고개를 숙이고 쪼그려 앉아 흙탕물을 바라보았다.

"진짜 흙탕물이네."

어이가 없었다.

"가짜 흙탕물두 있다?"

"흙탕물이 참 곱다."

나는 어리둥절하다가 함께 쪼그려 앉아 흙탕물을 보았다. 그러고 보니 갈빛으로 흐르는 흙탕물이 진짜 고운 것도 같았다. 잘게 부서진 흙가루가 졸졸졸 흐르면서 작은 고랑이 패이고 있었다. 흙탕물도 아름다울 수 있다는 사실을 처음 알았다. 준철이가 해당화밭으로 뛰어갔다. 나도 뒤따라 뛰어갔다.

싸아한 공기가 코끝으로 파고들었다. 바다 냄새다. 이모가 저만치 호철이의 손을 잡고 따라오다가 이내 다시 쪼그려 앉는다. 고개를 숙였다가 일어서더니 풀밭에 무언가를 집어던졌다. 준철이가 나의 팔소매를 잡아당겼다.

"성. 이모가 던진 게 뭔지 아남?"

"뭐여?"

"벌레."

"머라구?"

"질바닥이루 벌레가 기어가닝께 잡아서 갈밭이루 던징 겨. 사람덜헌티 밟혀 죽지 말라구. 이모는 순수허거덩."

"뭐?"

"순수헌 사람은 뭐던지 쥑이능 것을 싫어해. 성두 아기 새앙쥐를 쥑이지 말자구 했잖남. 생명을 아끼는 마음 그게 순수한 거여."

옥이 이모와 함께 바닷개울에서 무를 닦았다. 썰물 때는 바다에도 개울이 만들어져 사람들은 거기에서 펄을 털어 내곤 했다. 이모가 치마를 허벅지까지 걷어 올리고

무를 닦다가 수평선을 바라보았다. 갈매기 몇 마리가 끼륵끼륵 날아간다. 바다 물결 때문일까. 하늘빛 때문일까. 무청 때문일까. 물빛은 온통 푸른 색이었다. 바다도 푸른빛이고 하늘도 푸른빛이고 무청도 푸른 빛이고 이모의 가느다란 정강이도 푸른색으로 덮여 있었다.

물결이 사알랑 어루만져요
물결이 사알랑 어루만져요

똑같이 노래를 따라 불렀다. 이모가 쓸쓸히 모자를 들어올릴 때 하필 빡빡머리가 훌러덩 드러났다. 늘 보던 머리지만 볼 때마다 가슴이 철렁 내려앉는다. 그냥 이모에게는 저 모자가 어울린다고만 생각하려고 이를 옹물었다. 그때까지 나는 옥이 이모말고는 머리 깎은 여자를 본 적이 없었다.

뇌종양?

그게 무슨 병인지는도 모른다. 사람들은 뒤에서 젊은 여자가 안됐다고 수근거렸을 뿐이다. 돈이 없어서 치료를 못하고 열흘에 한 번씩 삼십 원짜리 침만 맞는다고 한다.

끝말잇기를 하는 중이었다.

"한강."

"강낭콩."

"콩떡."

"떡국."

"국자."

"자수."

"자수가 뭐랴?"

"액자에 수놓는 것."

"수선."

"수선은 뭐랴?"

"물건 고치는 거."

"선생님."

"님의 눈물."

나는 눈물이란 말만 나오면 금세 눈물이 번질 것처럼 가슴이 시려온다. 그런데 이모는 쓰뭉하니 바라본다.

"'님의 눈물'이란 말은 없어."

"있어, 이모. 한용운이란 시인이 쓴 시여."

"그건 '님의 침묵'이지."

"맞다. '님의 침묵'."

"묵사발."

"발자국."

"국기봉."

"봉숭아."

"아궁이."

"이모."

"모임."

"임규희. (막내이모 이름)"

"희망."

이모가 잠깐 말을 끊는다.

"강철아. 네 희망은 뭐냐?"

"나? …… 말하기 미안하지만…… 시인."

"시인?"

"아니면 소설가."

나는 지난번 아이들과 하던 때처럼 시인에서 소설가
로 말을 바꾸었다.

"소설가? 그것두 날마다 머리를 뽀개지게 쓰야 허는디."

"그럼 만화가나 되까? 만화라믄 책 보기 싫어하는 애
덜두 벌떼같이 뎀벼들 텐디."

"그래. 만화는 세상 모든 아이들이 다 보니까. 사실은 어른들도 만화를 좋아해.”

“…… 으른덜은 연속극 좋아허잖남?”

“근데 넌 돈 벌면 뭐헐래?”

“헐 일이 월마나 많은디. 이모 병두 고쳐 주구.”

“뭐? 나를?”

“안 되남?”

“그때까지 살지 못혀.”

“버티면 되잖여. 계속 숨을 멈추지 않으면 최소한 죽 진 않을 껴.”

“그게 맘대루 되나?”

이모가 고개를 숙이자 목 위로 빡빡 깎은 뒷머리가 휑 하게 드러났다. 산비탈 새파란 배추밭 너머 억새꽃만 하 얗게 흩날린다.

“금방 죽을 것 같으면 왜 일을 혀?”

“일을 왜 하냐니?”

“나 같으면 고대 죽는다면 아무것두 허지 않겠다. 방 에서 가만히 누워 천장만 바라볼 꺼여.”

“누워서 죽는 날만 기다리는 게 더 무서워.”

이모가 또 배시시 웃었다. 웃는 표정이 너무 쓸쓸해서 가슴이 서늘해진다.

"여기도 무수."

호철이가 바다로 떠 밀려가는 무를 집어 왔다. 물이 깊어 무릎 위까지 옷이 젖었다. 그러나 호철이는 파랗게 질린 얼굴로도 화들짝 웃는다. 어깨 너머로 펼쳐진 바다는 완전히 초록빛이다. 커다란 초록빛 보자기를 덮어 놓은 것 같다.

"호철아, 너는 커서 뭐가 될래?"

"소가 될랴."

"뭣! 소?"

"이."

"소가 돼서 뭐 하려고?"

"음매 허구 댕기야지."

까르르 웃었다. 아이들의 황당한 말이 어른들까지 천진난만하게 만든다. 나는 고개를 흔들었다. 저 멍청한 놈은 커서 진짜 소가 될지도 모른다.

"또 뭐가 되고 싶어? 소 말고는."

"로보트."

"로봇? 어떻게 생겼는데?"

"뿔 달렸어."

"아녀. 로봇은 철가면여. 뿔 달린 건 도깨비여."

준철이가 재빨리 끼어들었다.

"구신두 뿔 달렸어."

"구신은 뿔이 없어. 처녀귀신은 머리카락 길게 늘어뜨리고 입에 칼을 물고 피를 질질 흘려. 손가락을 이렇게 내리고 걸어올 때는 신발이 땅에 닿지를 않여. 신발 철벅거리는 구신은 서양밖이 없어 우리 나라 구신은 공중으루 붕붕 떠서 댕기지. 그리구 구신은 그림자두 없어. 아무리 때려도 사람 주먹에는 맞질 않여."

준철이가 손등을 내리고 슥슥 걷는 시늉을 한다. 나는 또 준철이의 정확함에 오싹한다. 무서운 아이다. 침을 삼키며 말꼬리를 바꿨다.

"이몬 희망이 뭐여?"

"나?"

"이."

"…… 말허기 미안하지만 나는…… 이 초록빛 바다."

"바다가 되고 싶다구? 말이 되능 겨?"

반년 뒤에 옥이 이모는 죽었다. 땅에 묻지 않고 그냥 불에 태워서 재를 만들어 바다에 뿌렸다. 이모는 소망대로 정말 초록빛 바다가 되었다.

닭니

할머니가 오시면서 우리들은 사랑방으로 옮겨 함께
잠을 잤다. 할머니는 밤마다 손주들 윗통을 벗기고 이
를 잡았다. 손톱으로 찍고 호롱불에 찌찌찌 태웠다. 우
리 집은 석유 심지 두 개를 심은 '쌍꽂이'로 불을 켰고,
다른 집은 대개 심지 하나만 박은 '외꽂이'를 켰다. 마을
사람들이 우리 집에 오면.

'부잣집이라 쌍꽂이네유'

부러운 표정으로 바라보았다. 아무튼 할머니는 두 개
의 불꽃에 번갈아 이를 태웠고, 그러면 우리들은 이불을
뒤집어쓰고 맨살을 간지럼치며 키득키득 거렸다.

그러나 닭니(鷄蝨)라면 모두 설레설레 도리질쳤다. 우
선 징그럽다. 보통의 이보다 훨씬 작고 훨씬 새까맣다.

쇳가루처럼 쪼개져 있어서 바닥에 기어 다니는 것을 빤히 보고도 손가락으로 잡아낼 수가 없었다. 땀구멍 속에까지 끈적끈적 파고들어 도저히 떨어지질 않는 것이다. 일단 몸에 붙으면 손톱독이 시퍼렇게 오르도록 긁어대도 끝까지 달라붙는 것이다.

내가 열한 살 때니까 준철이는 일곱 살이던 이른 봄이었다. 박정희 정권 집권 직후 서울에서 만국박람회가 열렸다. 그리고 읍내는 물론 한머리 동네까지 구경오라고 소문내었다. 라디오에서도 떠들었고 이장, 반장을 통해서도 선전했다. 마침내 구경 열풍이 한머리 마을 구석까지 불어 닥쳤다. 먹고 살만한 사람들은 삼삼오오 만국박람회 관람할 채비로 술렁거리기 시작했다. 모두들 돈 걱정을 하기는 했다. 그러나 사람들은 이번 볼거리를 절대 놓치지 않겠다며 마늘을 내고 곡식을 파느라고 소란이었다. 아버지도 그 대열에 합류할 수밖에 없었다. 그런데 가족 모두가 구경갈 수 없어서 일부만 떠나고 나머지 사람들은 그냥 집에 남기로 했다.

"선옥이는 컸으니까 서울 구경 따라오고 강철이, 준철이, 호철이는 그냥 할머니랑 밥 먹구 있어라."

나와 준철이는 마음이 아팠고, 선옥이 누나는 서울 구경에 대한 기대로 설레었다. 그래도 동생들에게 미안해서 입조심하는 중이었다.

　"성, 로봇도 있남?"

　"있댜."

　"워떻댜?"

　"단추만 눌르면 숭늉두 끓인댜."

　"숭늉인감? 커피지."

　선옥이 누나가 거든다.

　"코피가 뭐여?"

　"코핀감? 촌스럽게…… 커피지."

　"글쎄. 커피가 뭐냐구?"

　"있어. 브라질에서 많이 생산하는 것."

　"워치게 알아?"

　"핵교서 봤어. 선생님덜이 타 먹더라."

　"맛있남?"

　"츰엔 쓴디 자꾸 먹어 중독되면 안 먹곤 못 배긴다능 겨."

　"숟가락으루 퍼먹남?"

　"아니, 그릇째 후루룩 마시더라."

아무튼 아버지, 엄마, 선옥이 누나까지 그야말로 모처럼 서울나들이를 준비했다. 결국 집에는 나와 준철이, 호철이만 남게 되었다. 아이들은 할머니 혼자 돌보기로 한 것이다. 할머니가 호철이를 들쳐메었다. 깻모를 솎아 와야겠다는 참이다. 준철이는 미꾸라지를 잡으러 냇가로 나갔고, 집에는 나 혼자만 덩그라니 남게 되었다. 텅 빈 집에 바람만 휑 하니 불어 왔다.

나는 토방에 앉아 병아리 떼를 구경하는 중이었다. 햇볕은 따뜻했고 감나무 그림자는 스산했다. 그런데 노랑 병아리 한 마리가 닭장으로 기어 들어가는 것이 아닌가. 철망 구멍이 병아리 정도는 충분히 들어갈 수 있었던 것이다. 순간적으로 '위험한데' 하는 생각이 스쳤다.

그때였다.

설마 하며 걱정했던 일이 그대로 터졌다. 어미 닭들이 병아리를 보자마자 사방에서 일제히 달려들더니 마구 머리를 쪼아대는 것이다. 아, 아무리 닭대가리라지만 어떻게 자기네 새끼들을 그렇게 처참하게 죽일 수 있을까. 병아리의 노란 솜털이 금세 새빨간 피로 물들었다.

"안 되어!"

나는 소리치며 닭장 문을 열었다.

"죽이지 마!"

어미 닭들 역시 내 소리 때문에 놀랐는지 파드득파드
득 날개치며 천장까지 솟아올랐다. 모래와 닭똥 부스러
기가 얼굴로 쏟아졌다. 눈꺼풀을 비비자 모래알이 파고
들었다. 눈이 아팠다. 아파서 더 비볐고 비비니까 더 아
리고 쓰렸다. 그래도 급한 마음에 허둥지둥 쫓다보니 어
미 닭들이 놀라 후닥탁 흩어졌다. 그 순간 병아리는 구
멍을 통해 간신히 닭장 안으로 피할 수 있었다.

나는 어미 닭들이 우르르 병아리를 쫓아 구멍으로 들
어가 그대로 찍어 버리면 큰일이라는 생각이 들었다. 그
래서 재빨리 엉덩이로 구멍을 틀어막았다. 몸으로 때워
막은 것이다. 흙부스러기가 쏟아지면서 목덜미 사이로
파고들었다. 가려웠다. 그래도 움직이지 않았다.

그뿐이었다.

어미 닭들은 금방 난리쳤던 일을 까맣게 잊어버렸는
지 다시 한가로이 모이만 쪼아대는 것이다. 그러나 나는
자리를 뜰 수 없었다. 자리를 뜨는 순간 다시 어미 닭들
이 구멍 속으로 쳐들어가 병아리를 쪼아댈 게 분명했기
때문에 나는 그대로 구멍에 엉덩이를 붙인 채 눈을 부릅

뜨고 닭들을 노려보았다. 그렇게 구멍을 막고 쪼그려 앉은 채 그대로 몇 시간이 지났다. 감나무 꼭대기로 쭉정이감 하나가 겨울을 넘긴 채 매달려 있었다.

부우엉 부웡.

부엉이 울음소리가 가슴을 서늘하게 적셨다. 해가 기울면서 문풍지 흔들던 새들의 소리도 더 이상 들리지 않았다. 그리고 깜빡 잠이 들었다.

"아이고오. 이게 뭐랴?"

비명 소리에 놀라 고개를 들었다. 할머니가 저녁밥을 지으려고 호철이를 업고 오시다가 기절초풍하는 중이었다. '휘청' 허리를 꺾더니 닭장문을 열었다. 찬바람이 탑새기를 날렸다.

"으아아앙."

순간, 할머니 등에 업혔던 호철이가 닭장문에 이마를 찧고 악을 쓰며 울었다.

"머여?"

마침 준철이도 세숫대야에 미꾸라지를 담아오는 길이었다. 호철이는 할머니가 눈길을 주지 않자 스스로 울음을 멈췄다.

"가만 있거라."

이때만큼은 할머니도 나머지 손주들은 안중에도 없이 오직 나를 끄집어내는 데만 골몰했다. 손주놈이 닭장 안에 쪼그려 앉아 있는 이유를 도대체 이해할 수 없는 것이다.

"할머니, 닭들이 병아리를……."

나는 엉덩이를 붙인 그대로 옴싹달싹하지 않은 채 할머니를 바라보았다.

"아이구 이 미련퉁이. 게가 워디라구. 당장 기어나와!"

"안 되어."

나는 눈물을 흘리며 이를 옹물었다.

"아이구 부처님, 하느님, 애 닭니 좀 봐. 알몸뗑이루 우둘두둘."

"나가면 죽어."

"누가 널 쥑인댜? 각설이떼라도 쳐들어 왔남? 아이구 부처님."

"나 말구 병아리 말여. 저기 장닭덜이 즈이 새끼를 찍어 쥑인당께."

"잉?…… 으어."

나가지 않고 철망을 잡고 버티었다. 움직이면 병아리

가 피투성이로 갈기갈기 찢겨서 죽을 것 같았기 때문이다.

"알었응께 얼른 나와. 클 났네. 삼월 닭니가 월매나 독헌디. 빨리 나와. 할머니가 죄다 쫓어낼텡께."

호철이도 울음을 그치고 닭장 철망에 매달려 멍하니 쳐다보는 중이다. 할머니가 문을 열자 피범벅이 된 병아리가 닭장 바깥으로 빠져나갔다. 비로소 안심이 되었다. 나는 어깨를 축 늘어뜨린 채 엉금엉금 바깥으로 나왔다. 덜덜덜 떨렸다. 긴장이 풀리니까 오돌오돌 떨리는 것이다.

나는 할머니가 시키는 대로 화로 가까이 다가앉았다. 인두로 화로 가운데를 가르자 뜨거운 불기운이 뻘겋게 얼굴을 덮었다. 뜨거웠다. 그러거나 말거나 할머니는 손주놈의 몸을 기역자로 굽혀 놓더니 참빗으로 가르마를 주르르 훑어 내렸다.

"할머니, 병아리는 워치게 됐어? 죽었어? 살었어? 이."

"살었어. 이것아."

"진짜?"

"그래, 살었다구. 아이고……, 부처님, 하느님."

할머니는 괴로울 때마다 꼭 부처님과 하느님을 동시

에 불렀다. 그래서 나는 할머니가 돌아가시면 천당이
나 극락 중 어느 한쪽으로 반드시 가실 것이라 믿었다.

찌찌찌.

닭니 타는 냄새가 코에 배였다. 매캐했다. 할머니는 여
물 솥에 물을 데웠다. 그러더니 나를 홀라당 벗겨 놓고
아랫도리 윗도리 할 것 없이 샅샅이 닦아내었다. 그다음
머리결 한 올씩 침을 발라가며 닭니를 솎아 내었다. 그
러나 워낙 머리카락이 꼬질꼬질 얽혀있던 터라 그래도
닭니가 떨어지지 않았다. 가위를 가져왔다.

"고개 숙이라."

비료푸대 위로 머리카락이 쏟아졌다. 할머니는 손주
놈을 옆으로 눕히더니 머리를 가랑이에 꽉 끼우고 가위
질을 시작했다. 가랑이 사이로 형겊 냄새가 짭쪼름하게
밀려왔다.

"도대체 가위루는 안 되겠네. 이발소 가자."

"워디?"

"이발소…… 박박 밀으야 쓰겄다."

"완죠니 빡빡?"

"그랴."

"……."

준철이의 장기 한 판

이발소는 장돌뱅이 아저씨들이 날마다 진을 치는 놀이터였다. 머리를 깎으러 온 사람도 있었지만 대개 심심풀이 시간을 때우러 오는 것이다. 그날도 장기판이 벌어지고 있었다. 고향상회 대머리 아저씨와 철물점 점박이 아저씨가 상대였는데, 아까부터 점박이 아저씨가 몰리고 있었다.

"장이야."

"요렇게 받지."

"아하, 마장 말구 차장이랑께."

대머리 아저씨가 빨간색 차(車)를 앞으로 내질렀다.

"어?"

잠시 침묵이 흘렀다.

"장이라닝께."

"장기 두는 사람 똥 누러 갔슈? 엿 사 먹으러 갔슈?"

엿장수 똥구녕은 끈적끈적

소금장수 똥꾸녕은 버걱버걱

이발소 아저씨가 가위질을 멈추고 고개 돌려 입담 한
마디 거들었다.

"챙견 말구 머리나 잘 깎으셔. 멀쩡헌 사람 대가리 가
죽까지 쑹덩쑹덩 자르지 말구."

점박이 아저씨가 맞받아쳤다.

"이 밑으루 기어들어가."

이발소 아저씨가 장기 알을 집어 장기판 밑에 넣는 시
늉을 한다.

"찐빵 사야지. 언능 한 봉지 사서 손님들한테 써비스
하쇼. 잉."

"가만 있어 봐."

"없어. 묘책 없네. 깨깟이 승복허라니께. 장기판만 뚫
어져."

"가만히 있어 봐."

"졌나?"

그때였다.

"이거."

겨드랑이 밑으로 꼬마둥이 까까머리 하나가 쑥 들어오는 것이다. 준철이다. 손가락으로 포(包)를 가리키자 사람들 눈길이 일제히 쏠린다. 아무도 발견하지 못한 묘수를 준철이가 발견한 것이다.

"아따, 포길이 있었네? 이."

점박이 아저씨 눈빛이 반짝였고, 찌그러졌던 입술이 귀밑까지 좌악 찢어졌다. 준철이의 훈수 한방에 판이 뒤집힌 것이다.

"아싸싸싸. 피했다. 기사회생."

나머지 구경꾼들도 기가 막힌 묘수에 탄성을 질렀다. 그러다가 점박이 아저씨가 고개를 갸우뚱하며 말했다.

"얼러. 그럼?"

"얼러. 그럼? 진짜!"

모두 따라했다. 동시에 어른 틈에 끼어 머리를 내민 조그만 아이를 뚫어지게 쳐다본다. 준철이의 얼굴이 발갛게 상기되었고 나까지도 가슴이 덜덜 떨렸다.

"쟤가…… 저 어린 애가 장기 둘 중 안단 말이냐?"

점박이 아저씨가 준철이 이마를 치켜올렸다.

"쬐끄만 애야, 너, 몇 살이냐?"

"일곱 살유."

"얼러리. 니가 장기 둘 중 안단 말이냐?"

"……."

"알어? 물러?"

"사랑방이서 일꾼 아저씨덜 두는 거 봤슈."

"진짜 장기 둘 중 안다구? 이."

"길 가는 건 아는디유."

"자네가 한번 애기랑 둬 볼텨?"

"예끼, 이 사람아."

"둬 보랑께. 혹시 애한티 질까 봐 뒤로 빼는 거 아녀?
히히히."

"꼬마야, 한번 파란 색 놔 봐라. 워디. 절반 떼고 두까?
차포만 떼까?"

"맞둬 봐. 애기라구 쉽게 보지 말구."

"저, 애기 아닌디유."

"모잇?"

"일곱 살이지면 올찬 일월생이라 어린인디유."

"후후후."

대머리 아저씨가 준철이의 손을 끌어당겼다. 준철이는 초(楚)나라 파란색을 잡아 졸(卒)부터 놓기 시작하자 사람들의 눈이 동그래졌다.

"얼러, 애 좀 보게 진짜 장기 놓을 줄 아네. 제 자리에 딱딱. 보쇼. 차, 포, 상, 마, 순서가 딱 맞잖남. 아니, 마랑 상은 바뀌었네. 흐음."

다른 손님들도 '웬 구경거리랴.' 하며 모여들었다. 먼저 준철이가 졸(卒)을 쓸고 다음에는 마(馬)를 올렸다.

"가는 길두 아네."

"근데. 왜 포(包)를 안 넘기니?"

"면상(面象) 칠라구 그러는디요."

"엥이. 면상두 알유. 그레서 상과 마를 바꾼 거여. 별꼴."

사람들이 까치발 서서 고개를 뺀 채 구경하면서 혀를 내두른다. 이발소 아저씨도 잠시 손을 놓고 장기판에 눈을 모았다. 그러나 3분도 되지 않아 판이 싱겁게 끝났다.

"장군유."

대머리 아저씨가 조금 긴장했지만 체면상 '허허허' 웃는 척하며 왕을 아래로 내리자

"마장유."

왕을 옆으로 비켰다. 아저씨의 손가락이 조금씩 떨리기 시작한다.

"거긴 포(包)길인디유."

외통수에 걸린 것이다. 이발소 안 구경꾼들이 일제히 아, 하는 탄성을 지른다. 박수를 치는 사람도 있다.

"크아아."

대머리 아저씨의 얼굴이 빨갛게 달아오르더니 문을 열고 밖으로 후닥탁 뛰어나갔다. 사람들이 모두 까르르 웃었다. 잠시 후에 건빵을 한 봉지 사 오더니 준철이의 품에 덥썩 안겨 주었다.

"꼬마야, 너 진짜 잘한다."

"어디. 이 아저씨랑 다시 한판 하자. 잉."

이번엔 면사무소 김 차석 아저씨가 준철이를 잡았다. 김 차석 아저씨는 시장 바닥 최고의 고수였고 바둑도 5급이라고 했다. 양복점 박사장까지 이기고 시장 바닥에선 당할 자가 없었다. 그런데도 준철이 앞에선 긴장했는지 손가락이 가늘게 떨렸다. 마지막까지 접전을 벌였는데 둘 다 침이 바싹바싹 마를 지경이었다. 사람들도 날 저무는 줄 모르고 조용히 구경만 했다. 해꼬리가 질 때까지 오래 끈 장기판은 결국 준철이가 1승 1무로 판정

승이다.

"오우. 진짜 장기 잘 둔다."

"……."

"머리가 좋구나. 넌 커서 뭐가 되구 싶으냐?"

"수학 선생유."

풀빵 장사 노래일 아줌마

오일장은 항상 푸짐하고 풍성했다. 없는 게 없다. 솥 단지, 양재기, 낫과 호미 사이로 우마차가 아슬아슬하게 뚫고 다닌다. 튀밥 기계가 '뻥' 터지면 아이들이 앞다투어 바닥에 떨어진 튀밥을 주워 먹기 바쁘다. 그 옆에선 고무줄 장수 아저씨가 고무줄 다발을 치렁치렁 멘 채 '잡아 당겨 보세요. 안 끊어집니다.' 왕왕 소리치며 구경꾼들을 모으는 중이다. 고무신 때우는 아저씨도 인기다. 구멍난 자리를 흐물흐물하게 비벼 놓고 접착제로 붙인 다음 풍로 불로 때우면 찢어진 고무신이 말짱해지는 것이다. 마을 사람들은 오일장을 기다리며 곡식 자루를 묶어 놓곤 했다.

연화 엄마는 오일장을 기다리며 언제나 행복한 표정

이었다. 요즘 그랬다. 남편도 다시 만났고 갓난아기 때 헤어졌던 딸아이가 온전히 커서 돌아왔는데 공부도 순식간에 따라잡아 월반을 한 다음 우등상을 받더니 작년부터 1등도 하는 것이다. 새로 마련한 국화빵틀이 살림 밑천이 될 것 같은 예감 때문이었을까? 보리쌀 세 말을 빵틀과 바꾸고 내친 김에 밀가루 반죽을 넣는 주전자까지 샀다. 국화빵 모양의 구멍이 가로 세로 다섯 줄씩 스물다섯 개가 뚫려 있었다.

먼저 빵틀 구멍 속에 기름칠을 한다. 기름 막대기를 재빨리 움직여 스물다섯 개의 구멍 모두 삽시간에 구석구석까지 칠해야 한다. 밀가루 반죽을 물컹물컹하게 만들어 당원 한 갑을 풀어 넣은 다음 주전자에 쏟아 채운다. 다시 주전자를 기울여 빵틀에 붓는 것이다. 밀가루 반죽이 빵틀에 채워지면서 고소한 냄새가 코를 찌른다. 그러면 구부러진 송곳으로 팥소뭉치를 팥알만큼씩 떼어 구멍마다 재빨리 채운다. 팥소뭉치를 아주 빨리 집어넣어야 밀가루가 빵틀에 눌어붙는 것을 막을 수 있다.

빵틀이 불에 달아오르면 송곳으로 뒤집는다. 이 뒤집는 것이 절묘한 기술이다. 조금만 느리면 반죽이 쏟아지므로 아주 순식간에 뒤집어야 한다. 마지막으로 타기 전에 송곳으로 끄집어낸다. 그리고 광주리에 쌓아 놓고 파는 것이다. 노릇노릇한 것은 말랑말랑 밀가루 맛이 좋았고 거뭇거뭇 탄 것은 들기름 구수한 맛이 좋았다.

연화는 학교가 파하면 일단 시장 좌판 빵틀 옆에 앉아 동화책을 보곤 했다. 빵틀 옆에는 항상 아이들이 오그르르 몰려와 쪼그려 앉아 빵 굽는 것을 구경했다. 그러다가 드물게나마 코 묻은 돈으로 김이 오르는 국화빵을 한두 개씩 사기도 했다. 그즈음 나도 학교에서 돌아오는 길에 이따금씩 시장에 들르곤 했다. 그리고 아이들 틈에 끼어 국화빵 굽는 것을 몇 시간이고 구경하는 것이다. 아버지가 용돈을 준 적이 단 한 번도 없었으므로 그냥 구경만 할 수밖에 없었다.

연화 엄마가 턱을 괸 채 구경하는 내 표정을 보며 얼핏 안쓰럽다는 생각을 했나 보다. 하기야 아이 하나가 날이 저물도록 빵틀 앞에 쪼그려 앉아 있는 모습이 안쓰러워 보였을 것이다. 손님이 뜸하자 내 옆구리를 찌른다.

"하나 먹을 텨?"

"안유."

나는 깜짝 놀라 뒤로 물러섰다. 그런데 아예 자리를 피한 게 아니라 잠깐 물러섰을 뿐이다. 다시 뭉싯뭉싯 무르팍 걸음을 떼며 앞으로 나갔다.

"공짜루 주는 거여. 돈 받는 게 아니구."

"싫유."

연화 엄마가 집게로 풀빵을 집으려고 허리를 숙이기에 나는 엉덩이를 뒤로 뺐다. 바람이 불자 지푸라기들이 허공에 날린다. 날이 점점 어두워졌다. 파장(罷場)이다. 연화는 신문지로 광주리를 덮었다. 연화 엄마가 빵을 정리하다가 다시 고개 들어 쳐다보기에 나는 얼른 머리를 숙였다. 피로감이 무겁게 머리를 눌렀다.

기실 배가 고팠다. 배가 고프니까 피로만 몰려올 뿐 졸음도 오지 않았다. 그런데도 연화 엄마가 자꾸 쳐다보는 것이 쑥스러워 차라리 조는 시늉을 하는 것이다. 그럴수록 배가 더 고프기 시작했다. 빵틀에 말라붙은 밀가루 부스러기라도 슬그머니 떼어 먹고 싶었다. 눈을 감아 버렸다. 갑자기 풀빵 하나가 호박만큼 팅팅 부풀어 보인다. 코 언저리에서 시계추처럼 왔다 갔다 어른거린다. 이 국화빵은 팥소뭉치가 일품이라서 혀에 닿는 순간 슬슬 녹는다. 덥썩 달려들어 '왕' 하고 뜯어 먹고 싶었다. 무릎 사이에 손을 끼고 비벼 댔다. 오줌이 마려운데 참는 것이다.

"그러지 말고 하나 먹어라."

손을 내밀었다. 겸연쩍게 머리를 긁으며 국화빵을 받았다. 손등이 거칠지만 그래도 다른 아이들보다는 덜 갈라졌다. 연화 엄마가 나를 보고 빙긋 웃으며 코를 푼다. 코 밑으로 신문지 인쇄 잉크가 그대로 묻어 시커멓게 된 줄도 모른 채 또 방긋 웃는다. 나도 얼떨결에 피식 웃었다.

"느이 아버지가 누구냐?"

"…… 저기 대밭집."

"염판장네?"

"아뉴. 거긴 상원이네구. 그 아래 과수원집."

쏴아악 쏴악.

손가락 가리키는 쪽에 신우대 몸뚱이 부딪치는 소리가 들린다. 음산하다. 대숲 아래에서 이따금 살쾡이가 튀어나와 동네 씨암탉을 물어 가기도 했단다. '꼬꼬댁' 소리에 뛰쳐나가면 이미 닭 한 마리가 잡혀 갔고 깃털만 풀풀 날렸더란다. 마을 장정들이 작대기를 들고 사냥에 나섰지만 번번이 허탕치곤 했다.

"앙. 그 선상님댁."

"이애."

나는 기어 들어가는 목소리로 대답했다. 우리 집 얘기만 나오면 꼭 집 안 사람들을 하나씩 끄집어내어 물어볼까 봐 조마조마하기도 했다.

"선상님 아들이먼 공부 잘 하겠네."

"아뉴."

"몇 등이냐?"

"몰류."

거짓말이었다. 나는 내 등수를 아주 정확하게 기억한다. 3학년 1학기 때는 8등에서 1등으로 껑충 뛰어오른 적도 있었고 4학년 첫 번째 시험은 6등, 그다음은 1등, 기말고사는 3등을 하였다. 그러거나 말거나 누가 몇 등이냐고 물어보면 무조건 모른다고 하는 것이다.

"느이 반에서 누가 일등이냐?"

"몰라유."

"공부 잘 허게 생겼는디. 몇 등인가?"

나는 말꼬리를 돌리기 위해 재빨리 맞은편의 연화를 가리켰다.

"아줌마, 5학년에선 쟤가 일등인데유."

연화 엄마는 화들짝 놀라다가 곧바로 얼굴이 환하게

펴졌다. 연화는 그 와중에도 '플란더스의 개'를 읽느라고 쳐다보지도 않는다. 책벌레다. 찢어진 겉장 그림에 개 한 마리가 쓰러져 있다.

"공부 잘 허면 뭣 헌디. 중핵교 보낼 돈두 없는디……. 써먹을 디가 있간? 졸업허면 공장 보내서 착실히 돈 불게 허야지."

연화가 즈이 엄마를 원망스럽게 바라보는가 싶더니 곧바로 포기하고 눈동자를 책에 맞춘다.

"많이 알먼 가난한 여자 팔자만 험해진다. 착허게나 살아라. …… 허긴 착허게 살면 또 뭐 한뎌? 착허게 사능 거허고 잘 사능 거허군 아무 상관두 없어."

연화가 피식거리며 또 국화빵 하나를 건넨다. 공짜로 두 개째다. 나는 얼굴이 빨갛게 달아오른 채 두 손을 오그려 국화빵을 받았다. 미지근한 것으로 보아 파장 때가 온 것이다. 국화빵을 허겁지겁 먹으면 부끄러울 것 같아 일부러 느리게 먹었다. 밀가루는 먼저 먹고 팥소는 아꼈다가 맨 마지막에 야금야금 떼어 먹을 참이다. 연화는 내가 풀빵이라는 이름을 쓰지 않고 국화빵이라고 부르는 것이 고맙다는 표정이다. 다른 이들은 그냥 풀빵이라고 불렀다. 갑자기 연화가 생뚱맞게 물었다.

"숙제 안혀?"

"거기나 잘하셔."

마음과 다르게 퉁명스러운 대꾸다.

"누나헌티 그게 말버릇이냐?"

"누나 좋아허시네."

"좋아허능 거 사랑허시네."

"사랑허능 거 사모허시네."

사랑?

사모?

연화 엄마가 보따리를 펼쳐 놓고 물건들을 올려놓다
가 말장난에 빠진 딸과 소년을 멀끄러미 바라보았다. 잠
깐 '저 아이가 커서 우리 사위가 되었으면 좋겠다.'라는
표정 같다.

"느덜 커서 둘이 결혼해라."

갑작스런 말에 둘의 얼굴이 새빨개졌다.

"미쳤슈?"

동시에 혓바닥을 샐쭉 내밀었다. 저녁놀 탓이었을까.
내 얼굴이 더 빨갛게 달아올랐다.

"느이 집은 부잣집이라 좋겠다. …… 돈. 웬수 같은
돈."

연화 엄마가 한숨을 쉬며 또 돈 얘기를 한다.

"열심히 살먼 세상살이 마음먹은 대로 될랑가?"

연화는 아예 고개를 책에 처박고 본다. 어둑어둑해서 글자가 보이지 않을 때까지 악착같이 책에서 고개를 떼지 않는 그 풍경조차 어둠에 덮힌다. 돌아오는 길에 나는 문득 '희망'이란 단어를 떠올려 보았다. 희망은 기다리는 사람 모두에게 찾아오는 것은 절대 아니다.

장마철 돼지 새끼들

장마철이 되면서 돼지 전염병이 퍼지기 시작했다. 몸에 반점이 생기면서 딱 이틀 만에 죽는 병이다. 먼저 대밭집 돼지가 죽었다. 연달아 담뱃집 돼지 두 마리가 터럭이 뭉텅이째 빠지면서 죽었다. 마을 사람들은 돈사마다 '새끼줄을 친다', '횟가루를 뿌린다' 법석을 피웠다. 그리고 '병든 돼지를 버리느냐 마느냐'를 놓고 실랑이를 해야 했다. 아무리 전염병이라지만 돼지를 통째로 버린다는 게 엄두가 나질 않는 것이다.

담뱃집 돼지는 논매기 품앗이하던 일꾼들이 달려들어 잡았다. 처음에는 조심성 많은 담뱃집 영감이 한사코 막았다. 그리고 통째로 자루에 담아 아무도 몰래 재빨리 청금산 언덕에 묻어 버렸었다. 그러나 이튿날 곧바로 품앗이꾼들이 달려들어 이제 막 파묻은 돼지 새끼를 곡괭이로 파헤친 것이다.

"안 되네."

담뱃집 영감이 민구 아버지의 삽을 잡았다.

"성님. 걱정 마십쇼."

"고기 한 점이 사람 목숨 잡는 겨."

"못 먹어서 죽는 것버덤 배불리 먹구 죽는게 훨씬 낫습디다. 목구멍에 지름칠 점 해 봅시다."

"아무튼 안 되네."

"내장 태우구 터래기 태우구 살코기만 먹을뀨. 거긴 괜찮유."

사람들이 우르르 몰려들어 담뱃집 영감을 설득시킨다. 완강하게 거부하던 담뱃집 영감의 팔에 힘이 스르르 풀린다.

"영감님. 걱정 마세유."

"위생적으루 처리해서 먹는당께유."

담뱃집 영감이 기어이 고개를 모로 돌린 채 못 본 체했다.

"난 물르네. 잡어먹구 병 걸려두 자네덜 책임이네."

일이 터지더라도 빠질 구멍을 찾은 것이다.

"여부 있습니까? 고맙습니다."

장정들이 '와' 하고 삽날을 곧추 세운다. 바깥으로 삐쳐 나온 돼지 다리를 잡아 빼자 중돼지 한 마리가 고구마 뿌리 뽑히듯 뿌지직 빠져 나왔다. 장정들이 우르르 달려들더니 순식간에 칼질로 도막도막 나누기 시작한다. 병든 돼지 잡아 참으로 모처럼 허리띠 풀어 놓고 동네잔치를 벌였다.

나중에는 돼지 대가리를 서로 가져가기 위해 티격거렸다. 결국 행구 아배가 저녁참에 살짝 빼내어 담뱃집 짚누리 깊숙히 찔러 놓고 솔가지를 덮었다. 자기만 알 수 있게 표시한 것이다. 그러나 행구 아배가 저녁 먹고 몰래 짚누리에 와 보니 감춰 둔 돼지 대가리가 흔적도 없이 사라졌더란다.

"누구여? 훔친 돼지 대가리 또 훔쳐 간 도동놈 인간이."

"뛰는 놈 위에 나는 놈 있잖남?"

사람들이 그렇게 까르르 웃을 뿐 대답하지 않았다. 뒤를 밟은 민구 아버지가 몰래 꺼내어 자기네 집으로 빼돌린 것이다. 돼지 대가리로 주린 배 한번 채워 보자는 것이다. 덕분에 민구도 돼지 대가리 질리게 먹고 모처럼 포동포동 살이 올랐다. 그러나 일주일 뒤에 민구네 돼지 두 마리 모두 죽을 줄은 까맣게 몰랐다. 행구네 토종돼지 세 마리도 단박에 즉사했다.

어머니도 세 마리 새끼 돼지를 모두 냇가에 버렸다. 살려 보려고 머리를 세우면 이내 눈이 감겨 버려서 결국 포기할 수 밖에 없었다. 꼼꼼쟁이 아버지도 워낙 조심성이 많은지라 내다 버리는 데 찬성하였다. 돼지 새끼 세 마리를 자루에 집어넣었다. 냇가에 버리면 물살에 떠내려갈 것이라는 생각이다. 세상에 나온 지 일주일 남짓된 놈들이었다. 아직 살결이 말랑거리고 솜털만 보송거린다. 갓난 새끼들은 모두가 예쁘다.

무정한 놈은 어미 돼지였다. 즈이 새끼들을 소쿠리에 담는데도 그대로 돼지울깐 구석에 처박힌 채 눈길도 주지 않는 것이다. 처음에는 놀라 발작할까 봐 가마니때기로 가려 주었으나 나중에는 볼 테면 보라는 듯 홀러덩 열어 버렸다. 그래도 어미 돼지는 눈곱 덮힌 눈알만 꿈뻑거릴 뿐이니 정말 '돼지 같은 놈'이었다.

"버립시다. 넘덜이 줏어 갈지 모르니까 아무두 없을 때 몰래."

그러마고했다. 그때.

"버리지 마. 옴마!"

준철이가 팬티 바람으로 따라 나오며 한사코 매달렸다. 그 바람에 나도 잠이 깨어 후닥탁 따라 나왔다. 여름 장맛비가 뺨을 때렸다.

"전염병 걸리면 무조건 버려야 돼."

"살아 있잖유. 눈두 떴구 숨두 쉬넌디."

"안 버리면 이 동네 돼지 죄다 죽는다."

장대비가 쏟아지면서 진둔병 물살이 나뭇가지까지 모조리 쓸어가고 있었다. 밤이 되면 물살이 더 시커멓고 소리가 크다.

"꿀꿀꿀꿀."

버드나무 가지가 '쏴아' 하고 휘어진다.

"꾸룩 꾸룩 꾸루루루룩."

새끼 돼지들이 자루 속에서 미꾸라지처럼 꼬무락거렸다. 마지막으로 자루를 열어 보는 어머니의 손가락이 바알발 떨린다. 자루를 열자 움츠렸던 새끼 돼지들이 일제히 고개를 쳐든다. 어떤 놈은 고개를 들어도 눈이 떠지지 않아 더욱 애처롭다. 게다가 물살도 너무 빨라 급류에 쓸려 가면 그대로 바위에 부딪쳐 아기돼지의 머리

건 뺨이건 죄다 으깨질 것이다.

"버리지 마. 옴마. 이."

"동네 돼지 다 죽으먼 책임 질텨? 우리 집 돼지 버리
능 게 동네 돼지 죄다 살리능 거여."

그래도 준철이가 한사코 매달렸다. 어머니는 그냥 자
루만 조심스럽게 풀어 놓더니 차마 급류에 던지지 못
하고 허둥지둥 도망쳤다. 가슴이 미어졌다. 번개가 '번
쩍' 터지면서 천둥소리가 진동했으므로 돼지 새끼들 울
음소리가 꾸룩꾸룩 더 크게 들렸다. 또 천둥이다. 저토
록 무서운 천둥소리는 생전 처음이다. 하늘이 무너질
것 같다.

그날 밤 내 이마에 신열이 잉잉 끓어올랐다. 가위에 눌
려 잠에서 깨면 몸이 허공에 둥둥 떠 있는 것 같았다. 아
버지는 물수건으로 이마를 적셔 주다가 곧바로 곯아떨
어진다. 나는 수렁에 빠지듯 잠이 들었다.

쿳, 쿳, 쿳.

"가만?"

"……"

어머니가 손바닥을 펴서 귀에 댄다.

"이게 뭔 소리유."

어머니가 고개를 반짝 들며 홑이불을 걷어 냈다.

"암것도 아녀."

아버지가 고개를 돌리고 모로 눕는다. 아버지는 일단 잠이 들면 바위처럼 끄떡없이 움직이지 않는다. 반면 어머니는 바스락 소리에도 소스라쳐 새도록 잠을 설친다. 나도 어머니를 닮아서인지 쉽게 잠을 설치고 한번 깨면 다시 잠들지 못하고 뒤척이는 체질이다. 분명히 무슨 소리가 들리는 것 같다.

쏴아쏴.

대나무 이파리 부딪치는 소리다.

꾸루루루. 꿋, 꿋, 꿋.

아니다. 짐승 소리다. 분명히 들린다.

"돼지 소리여."

어머니가 다급하게 아버지의 몸을 흔들었다. 아버지는 푸하푸하 숨만 몰아쉴 뿐 움직이지 않는다. 할 수 없이 자식들을 부른다.

"강철아."

"……."

"강철아, 준철아, 호철아……."

나는 짐짓 금세 깨어난 척 눈곱을 떼며 일어섰다. 기실 그때까지 머리가 쇳덩어리처럼 무겁긴 했었다.

"옴마아. 뭐여?"

"대문간에 가 보자."

뭔가 대문 앞에서 꾸물거린다.

아, 돼지 새끼다. 비에 쫄쫄 젖은 새끼 돼지 세 마리가 맨대가리로 사립문 판자를 들이받는 중이다. 이번에는 주인을 알아봤다는 듯 가랑이에 머리를 처박고 비벼 대는 것이다. 짐승의 정이 사람보다 도탑다.

"키워야 헐 것이다."

어머니가 팔을 벌려 돼지 새끼들을 와락 껴안았다. 돼지 새끼들이 우르르 달려들어 머리로 정강이를 부비고 난리법석이다. 이상하다. 비바람이 몰아치는데도 가슴이 따뜻한 것이다.

사흘 뒤 우리 집 어미 돼지와 새끼 돼지까지 모두 죽었다.

달리기

상원이는 달리기를 뛰었다 하면 보통 1·2등이 기본이다. 공원이도 2등 안에는 들었으므로 그 집 식구들 모두 운동회를 손꼽아 기다렸다. 밥을 먹으면서도.

'스타트가 빨라야 한다.'

'처음에 너무 빨리 뛰지 말고 마지막에 힘을 쏟아야 한다.'

그런 달리기 전법 이야기로 웃음꽃을 피운다고 했다. 관모도 어지간하면 3등 안에는 들어가므로 이번에는 꼭 2등을 해 보겠다고 벼르는 중이다. 그러나 우리 식구는 모두 달리기를 못했다. 체질적으로 엉덩이가 크고 종아리가 굵은 탓에 한결같이 느림보 거북이였다. 특히 준철이는 맡아 놓고 꼴찌를 했다. 그래도 악을 쓰고 달리는 모습이 눈물겨웠다.

나는 1학년 때는 일곱 명 중에서 6등을 했다. 두 번째 줄에서 뛰었는데 거기에 잘하는 아이들이 많이 모인 탓에 아무리 노력해도 그 이상 앞설 수가 없었다. 2·3학년 때는 일곱 명 중에서 3등을 해서 공책을 한 권 탔다. 1등은 공책 세 권, 2등은 공책 두 권, 3등은 공책 한 권이었다. 4학년 때는 스타트를 놓쳐서 4등을 했다. 그랬다. 나는 연습할 때도 스타트만 빨리하면 3등까지는 바라볼 수 있겠는데 출발이 조금만 늦으면 4·5등이었다.

3등과 4등은 엄청난 차이가 난다. 3등까지는 공책을 탈 수 있었고, 4등부터는 빈손만 톨톨거리며 집에 가야 했기 때문이다. 그래서 3등 안에 들기 위해 며칠 전부터 다부지게 연습을 했다. 새벽마다 언덕 너머 소금·창고 해당화밭까지 뛰어갔다 오곤 했다. 서서히 몸이 가벼워졌고 종아리가 튼튼해지는 느낌이 들기도 했다.

그랬다. 달리기 잘하는 아이들은 운동회를 행복하게 기다렸고, 달리기 못하는 아이들은 불안한 마음으로 운동회를 두근두근 기다렸다. 준철이처럼 꼴찌짜리는 아예 포기하기도 했다. 운동회가 끝나고 정리체조할 때 전교생들에게 기념품으로 일제히 나눠 주는 공책 한 권만

만지작거리며 '나도 상 탔다' 하며 좋아하면 조금 불쌍해 보이기도 했다.

그러던 어느 등굣길.

소달구지 바퀴를 따라간 것이다. 아이들은 등굣길에 자전거나 달구지가 눈에 보이면 무조건 쪼르르 쫓아다녔다. 어떤 아이들은 트럭 뒤에 매달리다가 귀싸대기를 얻어맞기도 했다. 대개 달구지 뒤에서 손을 얹고 따라가는 것이 보통인데 그날 아침 내가 무심히 바퀴 앞에서 달구지를 잡고 따라간 것이다. 그러다가.

"아!"

소리를 지르며 신작로 아래 논두렁에 쓰러졌다. 바퀴에 정강이를 치인 것이다.

"아따 작대기 같은 자식. 쭐레쭐레 쫓아다니더니 꼴좋다. 꺼져."

달구지 아저씨가 그냥 고개만 돌린 채 소리쳤다. 금세 정강이가 부풀어 올랐지만 소의 엉덩이에 채찍만 내려치며 저만치 사라졌다. 아이들도 그냥 킬킬대며 학교로 갔고 준철이만 멈춰 서서 불안하게 지켜보는 중이다.

"먼저 가."

준철이를 밀었다. 준철이가 쭈뼛쭈뼛 등을 보이다가

다시 돌아선다. 나는 주먹을 쥐고 빨리 가라는 시늉을 했다. 그리고 다리 옆에서 혼자 쭈그려 앉아 한참 동안 복숭아뼈를 주물렀다. 그러다가 아무도 없을 때 몰래 절룩거리며 학교에 갔다. 둘째 시간이 지나자 발목이 고구마 크기만큼 부어올랐고 색깔도 까맣게 타들어갔다. 다행히 아이들은 깨금박질로 절룩거리며 변소에 다녀와도 눈여겨보지는 않았다.

집에서도 부모님 몰래 숨어서 옥도정기를 발랐다. 그리고 움직이지 않기 위해 일부러 책에 집중했다. 갸우뚱하는 표정을 짓긴 했지만 부모님이 볼 때는 움직이지 않았으므로 눈치채지 못했다. 자다가 아파서 벌떡 일어나 끙끙대면서도 부모님께 일체 말하지 않았다.

집에 가서도 변소가 가장 큰 문제였다. 오줌이 마려워도 참았다가 밤에만 살금살금 다녀왔다. 그렇게 몰래몰래 숨기면서 다리가 조금씩 풀리는 느낌이어서 조금은 다행이었다. 두어 밤 지나면서 웬만큼 뛸 수도 있었다. 뛰었다 해도 맨 꼴찌일 뿐이지만.

마침내 운동회 날이 되었다. 이젠 느린 속도로 뛸 만큼 다리가 나은 것 같다. 그런데 그날 우리 식구 중 아무도 학교에 올 수 없다는 것이다.

"넌 학교서 아버지한테 찾아가 점심 으더먹어. 옴만 마늘밭 매야 되니께."

아버지도 그러마고 했다. 그런데 막상 점심때가 되었는데도 학교 일이 바빴는지 아무리 기다려도 밥 먹으라고 부르지 않는 것이다. 그렇다고 내가 먼저 아버지를 찾아가 밥 달라고 할 용기는 없었다. 남들 밥 먹는 것만 멀거니 바라보다 연신 물만 마셨더니 뱃가죽이 출렁거렸다. 점심시간이 끝나면 5학년 달리기 시간이다.

'하느님. 내 가까이.'

나는 그때 처음으로 단 한 번도 찾지 않던 하느님을 불러 보았다. 탱자나무 울타리 너머 예배당 십자가를 바라보며 간절히 손을 모았다. 그러나 아무리 사무치게 기도해도 달리기 시간은 여지없이 다가왔다.

탕.

죽어라고 뛰었다. 그러나 반 바퀴 조금 넘었는데 남들은 이미 골인이 시작되고 있었다. 구경꾼들 때문에 더 괴로웠다. 웃음소리가 소금 자루 쏟아지듯 뒤통수에 바스러진다. 고통스럽다. 맹물 탓일까? 뱃속이 아까보다 더 출렁거린다. 그때 결승점 코스에서 연화가 '빅토리'

하고 외친다. 이상하다. 응원하는 목소리가 비웃음처럼 들렸는데도 뒤돌아보며 방긋 웃어준 것이다. 꼴찌로 들어왔지만 그래도 웃어 보려고 억지로 입술을 치켜올렸다. 어지럽다.

"몇 등이냐?"

셋째 줄 6등 자리에 앉아 있던 춘원이가 뻔히 알면서 일부러 묻는다. 하늘이 노랗다.

"7등."

하필 그때 찔끔 설사가 나오는 것이다.

"와하하! 꼴찌."

춘원이가 더 크게 웃는다. 나는 팬티에 싼 설사를 감추느라 숨도 쉴 수 없었다. 입술을 치켜올리며 억지로 '홧홧홧' 웃어 주었다. 그때 담임 조동재 선생님이 다가와

"임마, 꼴찌하는 놈이 왜 뒤를 보며 히죽히죽 웃니?"

꿀밤이 아프지는 않았지만 눈물이 핑 돌았다.

어둑어둑 땅거미를 밟으며 집에 왔다. 웬일일까. 그날은 예산이 부족했던지 정리체조 때 나누어 주던 공책 한 권조차 주지 않았다. 마지막 희망까지 깨진 것이다. 운동회를 끝내고 빈손으로 돌아오는 것이 저물녘까지 그리도 슬픈 것이다.

"으아아앙."

어머니는 그제서야 아들이 다리 아픈 것을 알고 안쓰러워 했다. 그리고 여기저기 주무르면서 '여기가 아프냐', '저기가 아프냐' 하고 연신 물었다. 물론 아프기도 했다. 그러나 나는 아픈 것보다 훨씬 더 서럽게 울어서 어머니를 아프게 했다.

라면

튀밥 장수 경운기가 떠난 자리로 십 원짜리 한 장이 반쯤 접혀진 채 팔락거리는 것이다. 분명히 십 원짜리 종이돈이었다. 흙덩이가 더께진 채 묻어 있었지만 나는 발바닥이 후끈 달아오르는 순간에 알아차렸다. 가슴이 떨렸다. 고무신 밑바닥으로 돈을 밟았다. 재빨리 사방을 두리번거렸다. 몇 사람이 짐을 싸고 있었지만 아무도 나를 주시하지 않았다.

에취.

기침하는 척하며 허리를 굽혔다. 누군가가 당장 '이놈' 하며 엉덩이를 걷어찰 것 같았다. 곁눈질하며 재빨리 집었다. 지난 봄 소풍 때 받은 용돈 십 원 다음으로 반년 만에 처음 만져보는 돈이었다. 나는 딱지처럼 조

그렇게 접어 궤짝 밑에 숨겨 놓고 몇 달 동안 날마다 한 번씩 만져 보았다. 다음 달 금요일 학교 통장에 저금해서 이자를 불릴 생각이었다. 100원을 넣고 1년이 지나면 2원이 늘어난다. 잘 불리면 중학교 입학식 때 가방도 살 수 있다.

　장터 극장은 이층이었다. 이 극장은 토요일과 일요일만 영화를 돌렸다. 그래서 토요일 오후 다섯 시쯤 되면 머리통 큰 청년이 나타나 아이들을 쫓아내고 영사기를 돌리곤 했다. 나머지 낮 시간에는 손님이 없어서 텅 비어 있었다. 그 시간을 노려 아이들은 극장 안에 몰래 들어가 놀기도 하였다. 여자 아이들은 술래잡기나 귀신놀이를 했고, 사내 아이들은 칼싸움이나 레슬링을 했다. 빈 공간에서 소리 지르면 '우엉우엉' 울려서 더 스릴 있었다. 오늘은 '황포돛대'를 상영하는 날이다.

　성모다.

　성모가 2층 객석에서 뛰어내리려고 다리를 구르고 있는 중이다.

　'아, 위험한데.'

　소리를 지르려는 순간, 이미 펄쩍 뛰어내렸다. 도대체

겁이 없었다. 나는 겁이 없는 아이들을 이해할 수 없었다. 괜히 말벌집을 쑤시고 도망가거나 얼음판을 깨뜨려 고무다리를 만들고 썰매를 탄다든지, 염전 저수지 웅덩이에 키 작은 아이들을 빠뜨리고 깔깔대는 행태가 어리둥절한 것이다. 나는 그나마 싸울 때는 용감했지만 높은 데 올라가거나 깊은 물길 건너는 것은 질색이다. 그리고 나의 기우가 사실로 나타나기도 했다.

그게 바로 성모의 돌발 행동이었다. 극장 2층에서 1층으로 뛰어내리는 활극 장면을 따라하는 것이다. '녹슬은 단검'의 남자 주인공처럼 멋진 폼을 잡으며 양팔을 벌려 '이야야압' 기합소리와 함께 멋진 허공 돌려차기를 시도했다. 그러나 반 바퀴도 돌기 전에 기우뚱하면서 푹 고꾸라진 것이다.

쿵.

"아이고오오."

처음 몇 초 동안은 얼마나 아픈지 신음소리도 내지 못했다. 그냥 입술만 찢어지게 좍악 벌리고 눈동자도 움직이지 못해서 죽은 줄 알았다. 잠시 후 정신이 들면서 비명을 지르기 시작했다. 정강이가 뒤로 꺾여 있었다.

"사람 살리유. 아이구 사람 살류."

신음소리가 '후엉후엉' 울려 퍼졌다. 예배당 뒤쪽 뽕나무밭에서

"누가 죽었어."

깜짝 놀라며 뛰어오는 소리가 들렸다.

그후 성모는 다리에 석고를 한 채 멍하니 천장만 바라보고 있었다. 나는 그때 석고라는 것을 처음 보았다. 딱딱하게 굳은 회반죽이 무르팍을 덮고 있었다.

"밥 먹어라."

성모 엄마가 흰죽과 간장 한 종지가 든 쟁반을 가져왔다. 성모는 9남매의 막내 아들이었는데, 성모 엄마는 나이가 많고 앞니가 두 개 빠졌다. 눈알이 튀어나와 붕어할머니라고 불렸다. 성모는 비시시 고개를 돌려 곁눈질하더니 인상을 찌뿌렸다. 파리 몇 마리가 달라붙자 설레설레 고개를 흔들어 쫓아낸다. 입맛이 당기지 않는 것이다.

"라면이라면 허발나게 먹을 텐데."

"……"

성모 엄마는 아무 말도 못한 채 붕어눈만 끔벅거렸다. 가슴이 찔리지만 못들은 척하는 것이다. 라면 한 개면

10원인데 그 돈을 쓴다는 건 영원히 불가능했다. 시장 아이들도 만지기 어려운 돈을 시골 아이들은 소풍 때가 아니면 언감생심 꿈도 꿀 수 없었다.

"아, 라면."

성모가 라면 타령을 하면서 다시 곁눈질한다. 즈이 엄마의 난감한 표정을 놓치지 않고 졸라대니 옆에서 보는 내 가슴이 더 짜르르했다. 그러나 그게 문제가 아니었다.

성모 아버지가 나타나는 순간 성모의 얼굴이 하얗게 질렸다. 성모 아버지는 나이 예순 살의 방앗간 종업원이었다. 눈다래끼가 생겨서 선글라스를 썼는데 그나마 다리 한 쪽이 부러져 기저귀 차는 노란 고무줄로 묶었다. 흰머리에 선글라스를 낀 모습이 한결 더 무서워 보였다.

"또 뛰어 봣! 시캇."

오자마자 병원 침대에 누워 있는 성모의 어깨를 거칠게 흔들더니.

"또 뛰어내려라. 이. 또 한 번 더 뛰어내려 봐. 잉."

"으아아아악."

성모가 비명을 자지러지게 질렀다. 그러나 성모 아버지가 거칠게 숨을 몰아치며 눈을 부라리자 비명소리도 '협협' 숨을 죽였다.

"또 뛰어내려 보랑께. 이 정신 나간 놈아!"

"아아악. 아파파파!"

"또 뛰어내릴리? 워쩔 텨? 이."

"안 혀유."

"헐 일 없으면 바다 가서 굴이나 따든가 염전 소금이나 긁어오지 뭐 빠졌다고 시장 바닥 기어 나가더니 다리 몽둥이 분질러 와. 이 웬수야. 또 뛰어 봐. 이."

"안 헌당께유."

"'나 병신이유' 소문 내구 뛰라니께. 마당이루 돈이 꽉꽉 쌓여 등창날 지경인디 뭔 짓은 못허겄남? 빙태."

나는 민망해서 얼굴이 달아올라 자리를 떴다. 의원 문을 나서자 달빛이 추녀끝까지 쏟아졌다. 고개를 숙였다가 깜짝 놀란다. 땅바닥에 누운 내 그림자가 거인의 몸처럼 커다랗게 흔들리기 때문이다.

"그 애는 워뗘?"

어머니가 바느질 그릇을 치우며 묻는다.

"석고 했슈."

"뭐라구 하데?"

"걔네 아버지가 와서 또 뛰어내리라구 흔들구 그랬

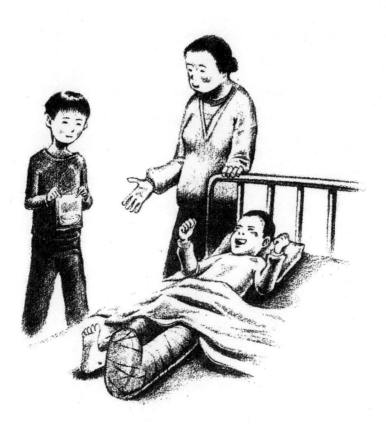

슈."

"뭐여?"

"또 뛰어내려 이눔아, 허구 흔들더랑께유."

어머니의 얼굴이 묘하게 찌그러졌다. 그러나 곧 재미
있다는듯 까르르 웃었다. 상원이 엄마와 동네 아줌마들
이 냉이 캐던 바구니 찾으러 어슬렁어슬렁 들어오자 내
가 했던 말을 그대로 쏟아 내기 시작했다.

"걔네 아버지가 즈이 아들 다리 부러져 있는디 와서
'또 뛰어내려라. 또 뛰어내려라.' 허구 연신 흔들더랴."

"ㅎㅎㅎ."

아줌마들이 일제히 배꼽을 잡으며 까르르 웃었다. 나
는 자꾸만 내 말이 소문나는 것 같아 가슴이 조마조마
했다.

"아이구, 그 인간. 그러다가 즈이 아들이 '예읍' 허구
실제로 또 뛰어내리먼 꼴 좋겄다. 아이구 배야."

아줌마들이 서로 어깨를 밀치며 자기네끼리 '또 뛰
어내려라.' 하며 한바탕 까르르 웃었다. 웃음소리를 듣
다가 나는 결심한 듯 벌떡 일어섰다. 그리고 궤짝을 열
었다.

"성모야"

"뭐랴? 앗!"

성모의 눈이 반짝 빛났다. 한쪽 의자에 앉아 임창 만화 '땡이와 영화 감독'을 보던 관모도 빠끔히 고개 내민다.

"이거."

라면을 내밀었다. 내가 아끼고 아끼던 궤짝 속의 십 원을 기어이 꺼낸 것이다. 얼굴이 환하게 펴진 성모는 벌린 입을 다물지 못한다. 순간 가죽나무에서 참매미 소리가 일제히 요동을 쳤다.

"아이구. 이 구현 것을. 고맙다. 고마워. 어린애 소견이 으른버덤 흠씬 낫다."

성모 엄마는 몇 번이고 고개를 조아렸다. 이제 겨우 5학년인 나에게 마치 마을 어른쯤 대하듯 굽신굽신 고개를 숙였다. 관모도 머쓱하게 라면봉지를 만지작거렸다.

"근데 이건 워치게 끓이는 거냐? 국수 삶듯 허나?"

"펄펄 끓는 물이다 느었다가 꾸불꾸불해지면 젓가락으로 건져서 빼 먹유."

어둠이 밀려오고 있었다. 라면 한 젓가락 얻어먹고 싶은 마음은 땅속 깊이 꽁꽁 묻어 두었다. 그날 밤 천장으로 라면 젓가락이 모락모락 김을 품으며 어른거렸다.

아이스케키

　연화는 즈이 엄마와 함께 직접 아이스케키통을 메기로 했단다. 아이스케키 공장 사장이 연화 엄마에게 아이스케키를 직접 팔아 보라고 권했던 것이다. 여름철에는 사람들이 뜨거운 국화빵을 사 먹지 않아서 직업을 임시로 바꿀 필요도 있었다. 케키통은 공짜로 빌려주고 아이스케키는 일단 그냥 빌려주기 때문에 밑천이 안 들어간다는 것이다. 아이스케키 세 개를 팔면 한 개가 남았다.

　그런데 달랐다. 처음에는 몸으로 뛰기만 하면 될 줄 알았는데 막상 목소리가 나오지 않는 것이다. 사람들도 멀뚱멀뚱 쳐다만 볼 뿐 도통 사려는 기미가 보이지 않았다. 기껏 아는 사람이나 붙잡고 몇 개 팔았단다. 그래도 움직여야 한다면서 시장 골목이나 논두렁 밭두렁까지 좌우지간 사람들 발걸음 닿는 곳은 모두 돌았다.

한동네 사람한테 인심을 잃기도 했다. 주인 영감과 싸우던 정달이 아저씨가 아이스케키통 옆으로 식식대며 걸어왔을 때였다.

"아이스케키 하나 주슈?"

하지만 연화 엄마는 난감한 표정을 지었다. 외상을 달면 당장 오늘 입금할 돈이 모자라기 때문이다. 입금이 늦을 때마다 하루에 아이스케키 다섯 개씩 빼기로 합의한 것이 덫처럼 걸린다.

"돈을 먼저 내유."

"다음에 주께유."

"시방 주유."

"디음에 주께유. 속 터지는디 시방 돈이 없어서 그류. 지금 노인 양반하고 싸워서 열받아 그런다니깐. 아까 싸우는 거 봤잖유?"

"지금 내세유. 지가 원제 돈 받었다구 산 넘고 물 건너 예까지 쫓어온대유."

연화 엄마는 불안한 표정으로 끝까지 돈을 내라고 했다.

"아. 저기 마늘두 있구. 뭐던지 뽑기만 허면 금방이유. 긍께 언능 주슈."

"밭에 있는 마늘이 나랑 뭔 상관이간유. 마늘이건 생강이건 내 손에 쥐어 져야 돈이 되는 거 아뉴?"

"그래, 뭇 준단 말유?"

"안 되유."

"에이."

정달이 아저씨는 식식대며 그대로 밭고랑의 마늘 두 뿌리를 뽑았다. 마늘 뿌리가 시커먼 흙을 털며 알토란처럼 쑤욱 뽑혀 나왔다. 그때서야 연화 엄마가 안심하고 아이스케키를 꺼냈으니 그게 물물교환이다. 어쨌든 미안했다. 그래서 안창 깊숙이 가장 단단한 놈으로 골라 주었다. 그러거나 말거나 정달이 아저씨는 연화 엄마를 쳐다보지도 않고 아이스케키를 휙 낚아채더니 한꺼번에 두 개를 우두둑 씹었다.

그날은 연화 혼자 아이스케키통을 메었다. 연화 엄마가 고구마 밭떼기에 품앗이 나갔기 때문이다. 밭떼기 품앗이는 일단 현금으로 돈을 받을 수 있고 남은 고구마 몇 개를 챙겨올 수 있어서 해볼만했다.

그때 나는 냇가에서 그물을 긁어 미꾸라지를 잡던 중이었는데 혼자 케키통을 멘 연화를 우연히 발견한 것이다. 처음에는 그냥 머쓱하니 바라보았다. 가슴이 아팠다. 어깨가 축 처진 채 케키통을 멘 연화의 허리가 싸리나무처럼 낭창낭창하게 흔들렸기 때문이다. 그물을 버드나무 아래에 숨겨 두고 연화의 그림자 밟으며 쭈뼛쭈뼛 따라나섰다. 처음에는 서로 말없이 걷기만 했다.

연화의 치맛자락 그림자를 밟으면 소리 없이 재빨리 빠져 나가기도 했다. 보리밭을 지나면서 멋쩍게 어깨를 마주댔다. 단 둘이 있다는 것이 마음을 난감하게도 했지만, 또 묘한 용기를 만들어 주기도 했다. 둘이 붙어 다니는 것이 조금씩 재미있어지기 시작한 것이다.

밭 매는 아줌마들을 보면 내가 더 크게

"아이스케키~! 얼음과자~!"

하며 영어와 우리말로 한 번씩 번갈아 소리쳤다. 그러거나 말거나 연화는 가타부타 말을 꺼내지 못한다. 감나무 그늘에 통을 내려놓았다. 아줌마들이 수건을 벗고 땀을 닦는다.

"고무신이나 고철은 안 받유. 무거워 들구 댕길 수가 있간유. 아이구 삭신이야."

"이늠아. 어린 것이 무슨 삭신이냐?"

"메구 댕겨 보유. 월마나 심든가?"

"헛간에다 쟁여 놓구 리어카로 한끄번이 날르먼 되지."

아줌마들이 깔깔대며 월남치마 여기저기를 뒤져 오원과 십 원짜리 동전을 모아 아이스케키 몇 개를 샀다. 어떤 아줌마는 한 개를 가지고 둘이서 반씩 쪼개 나눠 먹기도 했다.

"워디 사냐? 애기들."

"한머리유."

"남매냐?"

"아뉴!"

둘이 동시에 '아니오' 소리를 냈다. 서로 눈이 마주치자마자 재빨리 고개를 돌렸다. 나는 얼핏 '진짜 남매였으면' 하는 생각도 들었지만 주머니 깊숙이 꽁꽁 감췄다. 선옥이 누나는 착했지만 때로 동생들에게는 매몰찼다. 집안일을 열심히 했지만 때로는 아들, 딸 차별한다며 아버지한테 거품을 물고 덤비기도 했다. 그러나 연화는 겉으로 차가운 것 같지만 속정이 넉넉했다.

"그럼 뭔 사이냐?"

난감했다. 대꾸할 말이 없어서 멍하니 서 있는 중이
었다.

"느덜 서루 동무냐?"

"아뉴."

"…… 연애허나?"

"아니유, 절대 아뉴."

"깅 것 같은디? 얼굴 시빨개지는 걸 보면."

곰보 아줌마가 입담배를 피우면서 한 술 더 뜬다. 연화
가 닳아오른 얼굴로 아줌마를 흘겨보았다. 나는 얼굴이
더 빨개진 채 저만치 꽁지를 뺐다. 돌부리에 넘어지면서
후닥탁 감나무 뒤로 숨었다. 그럴수록 아줌마들이 깔깔
대는 소리가 어깨를 잡아당기는 것이다.

옆 마을 하동 초등학교는 개천절날 운동회를 했다. 그
래서 그 학교 운동회날 우리 학교는 쉬었으므로 연화 엄
마와 연화는 아이스케키 장사를 나간다고 했다. 나도 운
동회 구경을 핑계 삼아 따라 나섰다. 이번에는 케키통
꽉 차게 얼음과자를 자그마치 사백 개나 눌러 넣었다.
이십 리는 족히 걸었던가. 모녀가 교대로 메도 어깨가
활처럼 휘어지는 것 같았다. 그러나 기대에 가득차 힘든

표정은 짓지 않았다. 어느새 사람들이 우르르 몰려와서 북새통을 이뤘다. 한 시간 만에 백 개나 팔았는데 그게 모두 고철이나 빈 병이 아닌 완전히 현금이었다. 사람들 손바닥에 아이스케키를 쥐어 줄 때마다 돈이 톡톡 잡혔으니 대목이 실감나는 순간이었다. 나는 멀찌감치서 흘끔흘끔 쳐다보며 내심 기뻐했다.

그런데 갑자기 비가 쏟아졌다. 점심 때쯤 먹구름이 몰려오는가 싶더니 그예 일이 터진 것이다. 아찔했다. 비가 오면 당연히 아무도 아이스케키를 사 먹지 않는다. 연화 엄마는 두 팔을 허우적거리며 쏟아지는 빗줄기를 튕겨냈지만 설상가상으로 우박까지 쏟아졌다. 학교 측도 부락별 달리기 시합을 포기하고 서둘러 운동회를 마감해 버렸다. 사람들이 썰물처럼 운동장을 빠져 나갔으니 케키 장사는 끝장난 것이다. 케키통이 고장났는지 아이스케키가 찔끔찔끔 녹기 시작했다.

자전거를 몰고 온 남정네 아이스케키 장사꾼들은 서둘러 페달을 밟아 떠났다. 하지만 이 가련한 모녀는 비를 고스란히 맞으며 왔던 길을 타박타박 되돌아갈 수밖에 없었다. 나도 운동회 구경을 그만두고 모녀의 틈에 끼어 철퍽철퍽 걸었다. 오던 길보다 가는 길이 훨씬 멀

었다. 번갈아가면서 아이스케키통을 멨지만 어깨도 아
프고 무릎도 아파왔다. 이제 더 이상 발자국을 뗄 수도
없었다. 비를 피해 쓰러진 원두막으로 들어갔다. 연화의
옷이 찰싹 달라붙어 하얀 속살이 비쳤다. 어깻죽지에 아
이스케키통을 멘 자국이 벌겋게 드러나는 게 안쓰러운
것이다. 케키통을 열어 보니 벌써 절반은 녹아서 흐물흐
물 풀어져 있었다.

"안 되겠다. 우덜끼리 먹어 버리자. 아주 실컷."

연화 엄마가 비장한 눈빛으로 입술을 옹문다. 연화도
고개를 끄떡였다. 입술이 벌벌벌 떨리면서 하얗게 갈라
지고 있었다. 연화 엄마는 얼음이 반쯤 녹은 채 물이 뚝
뚝 떨어지는 아이스케키를 꺼냈다.

"부잣집 애헌틴 미안헌디……."

그러면서 나한테도 열 개 남짓 듬뿍 쥐어 주었다. 빗
물 탓일까. 얼음과자는 춥고 비렸다. 대나무 막대기가
꺼칠꺼칠 닿으면서 혓바닥이 쓰라렸다. 한 입 깨물면 나
머지 얼음이 한꺼번에 오소소 부숴지기도 했다. 단맛이
아주 없었던 것은 아니다. 그런데 아이스케키를 무더기
로 깨물면서 자꾸 눈물이 흐르는 것이다. 그 맛있는 아
이스케키가 이렇듯 허망하게 망가질 줄은 꿈에도 생각

지 못했다. 허겁지겁 아이스케키를 빨아 대던 연화 엄마
가 나를 힐끗 보더니 딸에게 세 개를 더 내밀고 나에게
도 두 개를 더 내민다. 아직도 통 속에는 오십 개가 넘게
녹는 중이었다.

"싸게싸게 먹어. 죄다 녹넌다."

빗물로 퉁퉁 붇은 손등으로 눈을 훔쳤다. 열한 살 소
년의 눈에도 힘든 삶이 보인 것이다. 큰 산을 간신히 넘
으면 또 막혀 있는 더 큰 산.

벌들의 전쟁

"아!"

민구가 탄성을 내질렀다.

"뭐냐?"

"조오기."

벌통 앞에서 수백 마리의 벌떼들이 엉겨붙어 싸우고 있었다. 정확히 말하면 수십 마리의 말벌과 수백 마리의 꿀벌이 달라붙어 집단 싸움을 벌이는 것이다. 말벌 떼가 민구네 꿀벌통을 습격하면서 벌들의 전쟁이 터진 것이다. 민구의 입술이 파르르 떨렸다. 전염병으로 돼지까지 죽었는데 이번 꿀벌들이 또 죽으면 그야말로 한 해 농사가 완전히 절단 난다고 여러 차례 들었기 때문이다. 나도 연신 칡뿌리만 긁적거리며 조마조마했다.

민구네는 원래 두 통의 꿀벌집이 있었다. 여기저기 꿀벌들의 먹거리가 지천으로 널려 있어서 양봉은 한 번쯤 해 볼 만했다. 청금산에는 아카시아나무가 많고 노라실 바닷가에는 해당화꽃도 만발했기 때문에 벌통만 잘 관리하면 돈이 될 수도 있었다. 민구 아버지가 꿀을 따서 돈을 조금 모았다는 얘기도 들은 적이 있었으니 조금만 더 견뎠으면 돈을 만졌을지도 모른다.

가을이 지나면서 들꽃들이 시들어가는 게 문제였다. 더구나 민구 아버지가 벌통의 꿀을 걷어 내면서 꿀벌들은 당장 먹을 게 없어져 버렸다. 그래서였을까. 여왕벌이 날개를 들자 나머지 꿀벌들이 우르르 뒤를 따라나선 것이다. 꿀벌 한 통이 허공으로 날아가면서 간신히 잡았던 희망의 끈이 깨진 것이다. 민구 아버지의 술 마시는 횟수도 더 늘었단다. 그런데 나머지 한 통에서 또 벌들의 씨움판이 벌어진 것이다.

'벌들의 전쟁'

말벌들이 꿀벌통에 기습 침투한 것이다. 지금은 꿀벌들이 벌통 앞에 떼잡이로 모여 침을 촘촘히 세워 방어벽을 설치한 상태다. 말벌들에게 틈을 주지 않기 위해 몸을 밀착시켜 출입구 전체를 겹겹이 막은 것이다. 그러나

말벌들은 더 강했고 움직이는 날갯짓마다 부르르릉 헬리콥터 소리를 내어서 소름이 오싹오싹 끼쳤다.

꿀벌들의 저항도 만만치 않았다. 말벌들이 벌집 가까이 접근했다가도 꿀벌들이 일제히 침끝을 세우면 긴장하며 물러서곤 했다. 목숨 걸고 집을 지키는 것이다. 그렇게 저물녘까지 두 무리의 줄다리기는 끝나지 않았다.

꿀벌들이 떼를 지어 말벌 진영을 향해 기습적으로 튀어나오기도 했다. 그러나 어림없는 일이었다. 덩치 큰 말벌이 두두두 몸을 흔드는 순간 번번이 나가떨어지는 것이다. 그래도 꿀벌들은 결사항전으로 집을 지켰다. 말벌 한 마리당 열댓 마리씩 달라붙어 혼신으로 침을 쏘아 댄 다음 장렬하게 전사하는 것이다.

"큰일났다. 마저 남은 벌통까지 죄다 없어지겠네. 이."

"누가 이기나?"

"보면 모르냐. 임마. 우리 집 망했다."

"비슷비슷한데……."

"그래두 시간 끌면 말벌덜이 져. 원래 덩치 큰 눔덜은 뒤끝이 약허거덩."

그러나 그 반대였다. 오히려 시간이 지날수록 말벌들이 점차 유리해지는 판세였다. 꿀벌들이 지친 것이다.

해가 저물 때쯤 꿀벌들의 방어 균형이 눈에 띄게 무너지기 시작했다. 저희들끼리 몸을 좁혀 출입구만 간신히 지키며 날개만 발발 떨 뿐 더 이상 변화를 보여 주지 못하는 것이다.

말벌들은 오히려 느긋하게 여유를 찾는 중이었다. 말벌들은 해당화 주변에서 꽃가루를 빠는 척 놀면서 꿀벌들을 안심시키다가 느닷없이 벌통을 향해 날아들곤 했다. 그때마다 꿀벌들은 깜짝 놀라 날개를 파르르 떨며 더 가까이 뭉치는 것이다. 꿀벌들의 날개 소리에 차츰 힘이 빠지기 시작했다.

아아.

두 소년은 동시에 탄성을 내질렀다. 말벌들이 일렬횡대로 늘어서더니 꿀벌집을 향하여 일제히 돌진했기 때문이다. 눈 깜빡할 사이였다. 꿀벌들의 방어망이 한순간에 무너지는 것이다.

위이잉 위이이 부릉 부르르 부들부들.

말벌 한 마리당 꿀벌 수십 마리씩 악착같이 달라붙었으나 허사였다. 덩치 큰 말벌이 화들짝 날개를 치면 순식간에 서너 마리씩 땅바닥에 떨어졌다. 꿀벌들의 시체가 조각조각 떨어졌다. 그때였다.

"공격 앞으로!"

민구가 느닷없이 한 손을 치켜들더니 송판때기를 들고 용수철처럼 튀어 나갔다. 동시에 말벌들을 향해 내려치기 시작했다.

딱. 따딱. 투투툭.

엄지손가락만 한 말벌들이 송판때기에 맞을 때마다 땅바닥에 떨어지는 것이다. 더러는 죽지 않고 누워서 바르르 날개를 떠는 놈들은 고무신으로 밟아 죽여 버렸다. 맞을 때마다 그대로 떨어지는 말벌의 시체 사이에서 민구는 더욱 기가 치솟았다. 그 순간 내 발꿈치도 갑자기 스프링처럼 튕겨져 나갔다

"나가자!"

순간적으로 싸리비를 들고 담을 넘었다.

"왕탱이한티 쐬면 큰난다."

민구의 외침이 얼핏 들렸지만 나도 이미 흥분되어 있었다. 닥치는 대로 휘둘렀다. 그런데 막상 붙어 보니 그게 아니었다. 우선 날개 치는 소리가 어지러운 것이다. 더구나 송판때기와 싸리비는 달랐다. 송판때기는 맞는 대로 나가 떨어지지만 싸리비는 말벌들이 틈새에 끼어 빠져 나가지 않는 것이다. 그러다가 얼핏 말벌 하나가

싸리비에 걸렸다.

'놓치면 안 된다.'

재빨리 땅바닥에 탁탁 때렸다. 그래도 말벌은 싸리비 틈새에 끼어 부르르릉 날개를 흔들었다. 바닥에 눕히고 벅벅 문질러도 말벌이 떨어지질 않는 것이다. 그대로 밟아 죽이려는데,

"악."

갑자기 발등이 시큰하면서 눈앞이 캄캄했다. 바닥에 떨어진 말벌이 내 복숭아뼈를 찌른 것이다. 순식간에 발목이 퉁퉁 부어 올랐다. 또 다른 말벌이 바지 속을 타고 올라와 사타구니까지 찔러대었다. 아, 그대로 쓰러졌다. 아무것도 보이지 않았다. 그러나 거기서 끝나지 않았다. 이번에는 꿀벌떼들이 몰려와 쓰러져 있는 내 얼굴로 다닥다닥 달라붙는 것이다. 수십 마리의 꿀벌들이 자기 편인 줄도 모르고 내 얼굴에만 일제히 침을 쏘아대다니.

"으아악. 왜 이려 아군덜끼리."

얼굴을 감싸자 손바닥과 얼굴 사이에 낀 꿀벌들의 시체가 부스스 떨어졌다. 마당 감나무까지 정신없이 도망쳐도 벌떼들이 우수수 쫓아왔다.

"와하하."

민구가 내 퉁퉁 부은 얼굴을 보고 얼떨결에 웃음을 터뜨리다가 금세 다시 얼굴이 굳어졌다, 내가 데굴데굴 구르자 민구의 얼굴이 순간적으로 하얗게 질린 것이다.

"사람 살려어. 사람 살류. 강철이가 죽어유. 왕탱이헌 티 쐤슈."

콩밭 매던 아줌마들 서너 명이

"뭐여? 강철이가 워찌 됐댜? 죽었남?"

하면서 밭고랑을 타고 달려오는 것이 보였다. 그때부터 여기저기에서 사람들이 몰려왔다. 이번에는 마을 사람과 벌떼와의 전쟁이다. 개울에서 미꾸라지를 잡던 상원이와 공원이도 고무신짝을 휘두르며 벌떼를 공격했다. 관모도 빨래판을 들고 달려와 말벌 한 마리를 때려 눕혔다. 어디서 알았는지 춘원이도 벌떼들 사이에 끼어 '피융 피융' 소리내며 작대기를 휘두른다. 얼핏 연화가 저만치서 세숫대야를 들고 뛰어오는 모습이 뿌옇게 보이기도 했다.

이상하다. 어느새 꿀벌들이 일제히 자리를 피하고 말벌만 남으니 싸우는 사람들의 마음이 한결 편해진 것이다. 정달이 아저씨가 쫓아오더니 벌들을 향해 분무기를 뿜어 대었다. 온 동네 사람들이 합동으로 싸움판에 나서면서 말벌들의 시체가 하나씩 늘어났다. 나머지 모두 바닷가 쪽으로 도망칠 즈음 나는 안도감으로 쓰러졌다. 쓰러지면서도 마음이 개운했다. 함께 뭉친 싸움이 행복했기 때문이다. 마음이 행복할 때는 검은 그림자도 밝게 보이는 것이다.

졸업식

눈발이 을씨년스럽게 쏟아졌다.

강당에선 아이들의 곱은 손 펴는 소리가 오도독오도독 들렸다. 5·6학년 300여 명이 빼곡히 들어선 사이로 '조용히 햇!' 야단치는 소리가 난로 열기 사이로 파고들었다. 아이들은 서숙자 선생님 지휘봉이 움직이는 대로 똑같은 노래를 부르고 또 불렀다. 졸업식 예행 연습이 몇 번째 되풀이되는 건지 전혀 기억이 없다. 그저 신작로 저만치 뽀얗게 솟아오르는 밥 짓는 연기가 탱자나무 가시에 찔려 비눗방울처럼 펑펑 터질 뿐이었다.

분명히 어제까지는 연화가 답사 연습을 했었다. 연화의 낭랑한 목소리가 특히 내 가슴을 시리게 했다. 작은 키에 어깨는 좁았지만 옷맵시가 흐트러지지 않았고, 먹머루 눈동자가 호수처럼 맑았다. 나는 마이크 앞에 선 연화와 눈빛이 마주칠 때마다 가슴이 터질 것만 같았다.

"쉴 사이 없이 흐르는 물결 따라 어언 육 년이란 세월이 흘렀습니다. 오늘이 지나면 여기 모인 저희들은 저마다 다른 길로 가야 할 것입니다."

그렇게 시작되는 또랑또랑한 목소리가 가슴을 후벼 파는 것이다. 그때까지 나는.

'연화가 학교를 졸업하면 장차 무엇을 할까?'

그런 생각은 전혀 하지 못했다. 낭창낭창 흔들리는 목소리가 유리창에 부딪칠 때마다 그저 눈이 시큰거릴 뿐이었다.

그리고 졸업식 날.

우우우 바람이 몰아쳤다.

문득 '아아, 저 사람들이 헤어지기 위해 모여 있구나. 이제 각자 다른 길로 가야 하는구나.' 하는 생각이 처음으로 머리에 스치는 것이다. 추위 탓이었을까. 학부형들이 복도에서 웅성대며 이따금 강당 안을 기웃거렸다.

서울의 사립중학교에 진학한 양조장집 정덕구가 도지사상으로 영어사전을 받았고, 읍내 중학교에 3등으로

입학한 오춘배가 우등상 대표로 나갔다. 쥐꼬리를 많이
낸 관모는 지서장상 상품으로 앨범을 받았다. 졸업하기
전부터 대밭집 꼴머슴을 시작한 기창이는 그 흔한 개근
상 하나 받지 못했다. 선생님의 마이크 지시대로 앉으라
면 앉고 일어서라면 일어서다가 남들이 상 받을 때 무심
히 박수나 쳐댈 뿐이었다.

면장·소방대장·기성회장 등 내빈 몇몇이 교대로 단상
에 올랐다. 그들은 '반공과 애국만이 살길이다' 혹은 '노
루를 쫓는 사냥꾼은 근방의 토끼나 다람쥐를 쳐다보지
않는다' 등등의 연설로 배정된 순서를 때우는 중이었다.
졸렸다. 난로 위 주전자 뚜껑으로 수증기가 솟구치면서
단상에 선 어른들의 얼굴이 시뻘겋게 아른거렸기 때문
이다. 그들은 피부색부터 우리 동네 아저씨들과는 완전
히 달랐다. 금테 안경을 받친 콧날이 반들거렸고 숨쉴
때마다 아랫배가 불룩거렸다.

마을 사람들의 모습은 달랐다. 생강밭 밭두렁에서 찐
감자를 껍데기도 벗기지 않고 우적우적 먹었다. 탁배기
몇 사발에 얼큰하게 달아오르면 세상을 다 가진 듯 호령
하다가 개울에 풍당 빠지기도 했다. 등목 하러 가면 제
방둑 억새밭에 몸을 숨긴 채 웃통 벗고 머리 감던 어머

니들도 있었다. 아랫도리 벗은 꼬맹이들이 흙장난하다가 토방에 쓰러져 잠들면 그 옆으로 씨암탉들이 꼬꼬댁거리며 닭똥을 갈기기도 했다.

이상했다. 그날 졸업식장 답사를 석연화가 읽지 않고 전교 3등이었던 점방집 오배숙이 읽는 것이다. 오배숙도 만만치 않았다. 공부 못하는 여자들은 예쁜 얼굴 미운 얼굴 반반씩 섞였지만 공부 잘하는 여자들은 대개 모양새가 차분했기 때문이다. 옷차림도 단정했고 머리끈도 야무지게 묶었다. 허우대 멀쩡한 오배숙은 성격대로 차분히 똑같은 억양으로 읽었지만, 석연화보다는 조금 실감이 떨어졌다. 그런가 보다 했다. 먼저 후배들이 졸업가 1절을 불렀다.

"빛나는 졸업장을 타신 언니께 꽃다발을 한 아름 선사합니다……."

거짓말이었다. 기창이의 졸업장은 절대로 빛날 수 없었다. 졸업식이 끝나는 대로 내일부터 당장 대밭집 소여물을 썰어야 했다. 바빴다. 솔가지를 아궁이에 쑤셔 넣고 성냥을 그어 대야 구들장이 데워졌다. 시렁에 걸린 시래기를 담가 놓아야 헛배나마 쓰다듬을 수 있었다. 몇

몇을 빼놓고는 꽃다발은 꿈도 꿀 수 없었다. 곧바로 졸업생들이 2절을 불렀다.

"잘 있거라 아우들아 정든 교실아, 선생님, 저희들은 물러갑니다⋯⋯."

그 대목은 사실이었다. 졸업식은 지겨웠지만 '선생님 저희들은 물러갑니다'처럼 졸업이란 단어가 슬픈 것이었다. 여자들은 벌써부터 울먹이기 시작했다. 그랬다. 해마다 졸업식이 끝나면 여자들은 서로 부둥켜안고 그리도 슬프게 울었다. 그날도 당연히 그랬다. 우선 헤어짐이 슬펐다. 봄이 오면 마늘밭에서 호미자루를 잡거나 도시 모퉁이 공장 근로자나 식모로 뿔뿔이 흩어지는 그네들의 앞날이 서러웠을 것이다.

그러거나 말거나 서숙자 선생님은 합창 지휘로 분주했고 조동재 선생님은 끄덕끄덕 조느라고 바빴다. 아무도 석연화가 왜 답사를 읽지 않았는지를 묻지 않았다. 그렇게 졸업식이 무사히 끝났다.

교장 선생님과 기관장들은 코트 자락을 치렁대며 소재지 요릿집으로 우수수 몰려갔다. 평교사 선생님들은 교무실 난롯가에서 오징어 다리를 뜯으며 운동장을 바라보는 중이었다. 우리들은 또 운동장 모퉁이에 모여 쭈

뺏거렸다. 유일하게 장미 꽃다발을 받은 정덕구가 철봉
대 앞에서 조금 미안한 표정으로 사진기 포즈를 취했고,
나머지 졸업생들은 발을 총총거리며 찰칵 소리에 귀를
기울였다. 춘원이가 어깨 사이로 파고들며 구경꾼으로
끼어들 때 나는 도장병 옮을까 봐 움찔 피하기도 했다.
바람이 불면 그림자도 추운지 오소소 흔들렸다.

  그날 하굣길 저물녘 논두렁길이 꽁꽁 얼었다. 저녁놀
이 퍼지는 백화산 앞에서 키 큰 그림자 하나가 우울히
흔들리고 있었다. 노승방 선생님이었다. 웬일일까. 가까
이 오더니 두 손을 꼬옥 쥐고 어린아이처럼 콧물을 훔쳤
다. 술 냄새가 확 풍겨왔다.
  "석연화가 기어이 졸업식에 안 나왔더라. 가난한 여
자 애라고 도지사상 안 주니까 졸업식을 일부러 빠져 버
린 거여. 공부허면 반드시 길이 있을 거라고 격려했는
데…… 벌써 모진 세파를 맞기 시작허니……."
  선생님은 돌아서며 코를 피잉 풀더니 고무신 밑창으
로 북북 비벼 버렸다. 그러다가 잠바 주머니를 뒤적이
더니,
  "여기 편지."

편지봉투를 건네주었다.

"앞이 안 보여."

뭐가 안 보인다는 건지 알 수 없었다. 다만 선생님의 숨소리가 자꾸만 거칠어지는데 대보름 달빛만 혼자 훤하니 밝았을 뿐이다. 꾸깃꾸깃한 종이에 진한 연필심으로 또박또박 쓴 글씨체였다. 잔가지 사이로 설핏 연화의 얼굴이 둥두렷이 떠올랐다. 침 발라 쓰던 연필 도막 하나가 감나무 달빛 아래 또렷이 걸려 있었다.

선생님.

열심히 살아가라고 말씀하셨지요. 노력하면 희망이 있다고 말씀하셨습니다. 그렇게 믿고 열심히 살았습니다. 그런데 아니 없어요.

저는 3년 동안 두 번 빼놓곤 모두 1등을 했습니다. 오춘배와 정덕구가 1등한 것은 각자 한 번씩입니다. 선생님. 도지사상은 제가 타야 합니다. 저는 정덕구한테 마지막 시험 단 한 번 1등을 뺐겼지만 공부는 제가 잘 합니다. 이제 공부는 영원히 끝났지만 졸업식만은 1등으로 마치고 싶었습니다. 선생님은 바르게 사는 게 중요하다고 하셨지만 이기심 많은 저는 공부할 때가 가장 행복했습니다.

제가 중학교에 들어갈 수만 있었더라면 마지막 시험도 1등을 뺏기지 않았을 것입니다. 이제 아무런 희망이 없습니다. 희망이 없는 졸업식장엔 나갈 수 없습니다.

1968년 2월 14일 나쁜 아이 석연화 올림

그날 밤 연화가 우리 집까지 밤마실을 왔다. 겨울 달빛이 툇마루의 주전자 뚜껑을 쓰다듬고 있었다. 웬일일까? 달빛을 허옇게 뒤집어쓰고 방싯방싯 웃으며 나타난 것이다. 다음 주에 서울 복덕방 하는 집 식모로 간다며 손수건을 풀었다. 삶은 달걀 다섯 개였다. 껍질을 벗기자 연화의 허벅지처럼 하얀 속살이 드러났다. 옆에서 선옥이 누나는 멍하니 뜨개질만 했다. 어느 누구도 감히 그 귀한 삶은 달걀에 먼저 손을 대지 못했다.

나 혼자 갯바람을 쐬러 휑 나와 버렸다. 억새풀들이 달빛을 부여안고 우우 흔들리고 있었다. 웬일일까? 민구도 다리 건너 염판장까지 먼저 나와 있었다. 그러나 '네가 시인이 되면 내가 이다바하는 짜장면집에 놀러 오라'는 말은 하지 않았다. 아무 말 없이 허리끈만 만지작거리며 갯바람을 쐬는 중이었다. 초록빛 바다가 꽁꽁 얼고 있었다.

울지 말아야 한다.

그런 생각이 들었다. 슬픔 속에서 더 단단해지는 조약돌이 되고 싶었다. 개나리 울타리 밑으로 민들레 새순들이 뽀드득뽀드득 굳은 땅을 헤집고 있었다. 내일부터 우리는 6학년이 될 것이다.